ヤンデレ至上主義の悪役令嬢は
ハッピーヤンデレカップルを慈しみたい！

登場人物紹介
レイン
エレノアのメイド。
数年前エレノアに拾われて
以来、彼女に仕えている。
ゲームではルークを攻略
するときのヒロイン。
ルーク
エレノアの義兄で、ロイル公爵家の
後継者。攻略対象者の一人で、
冷徹だが束縛気質でもある。
エレノアに冷たく
あたっていたが……？
エレノア
ロイル公爵家のご令嬢。
気がつくと、ヤンデレ乙女ゲームの
悪役令嬢に転生していた。
ヤンデレ×ヒロインの恋が大好きで、
第三者目線で味わえる今の立場を
歓迎している。

ルシア

「ハルスウェルの女神」と
称される公爵令嬢。
ヒロインの一人でエレノアの親友。
心を許している人の前では
無口になる悪癖がある。

王太子

人当たりがよい、
ハルスウェル王国の王太子。
攻略対象者の一人で、婚約者の
ルシアを深く深く愛している。

目次

序章　悪役令嬢は「エルの恋花」を始末したい

——昔々、ここ王国ハルスウェルには、とても美しいお姫さまがいました。彼女の名前はエル。夜空のような深い藍の髪と、神秘的な薄紫の瞳を持つ彼女は、心優しくみんなから愛されるお姫さまでした。

けれどたったひとりだけ、彼女のことが大嫌いな人がいました。それは、人を迷わせてばかりいる、いばらの森の主人でした。いばらの森の主人は、不気味な銀の髪をした醜い化け物で、美しい姫を妬んでいたのでした。

いばらの森の主人は、姫が森を通るたびに怪我をさせたり、わざと道に迷わせたり、ひどいことばかり繰り返しました。しかし、心優しい姫はいばらの森の主人を決して恨まず、何度も何度も綺麗な歌を贈って、いばらの森の主人と仲良くなろうと努力していたのです。

やがて姫は十八歳になり、遠い異国へ嫁ぐことが決まった夜、いばらの森の主人に会いに行きました。そして、大輪の純白の花をいばらの森の主人に渡します。

『これは、私の歌声で育てた【恋の花】です。大切な人ができたら、きっと渡してください。あなたと大切な人が、幸せになれるよう願いを込めてあるのです。私がいなくなる前に、どうか受け取ってくださいませんか』

姫の差し出した純白の花は、幾重にも花びらが重なっていて、浮かび上がるように輝く、それは美しい花でした。いばらの森の主人はそれを受け取って、初めて姫をまっすぐに見つめました。

『もう、あの歌は聞けなくなるのか』

姫は答えます。

『はい、私は遠い国の王子さまのもとへ嫁ぐのです』

そこでようやくいばらの森の主人は、自分がずっと姫の歌を心待ちにしていたことに気づきました。

そして、姫を決して手放したくないと願ってしまったのです。

いばらの森の主人の願いによって、森の黒いいばらはみるみるうちに成長し、大きな鳥籠のようになりました。姫はたちまち、森の中に閉じ込められてしまったのです。

その後、姫といばらの森の主人の姿を見た者は、誰もいません。けれどもいばらの森のそばでは、姫が主人に贈った「恋の花」が咲きみだれ、美しい歌声がいつまでもいつまでも響き渡っていたのでした。


「ふうん……ずいぶん、『ヤンデレ』なお伽噺(とぎばなし)もあったものね」

公爵邸の豪奢な私室で、赤い布張りの本をめくる。メイドが淹(い)れた紅茶からは、柑橘(かんきつ)系の香りとともにほのかな湯気が立ち昇っていた。そばには、その紅茶を淹(い)れた灰色の髪のメイドが静かに控えている。

「ん……？　やんでれ……？　やんでれ、って何？」

今しがた自分で呟いた言葉を繰り返して、首を捻る。どうにも聞き覚えのない言葉だ。

「ねえ、レイン、やんでれ、って何？」

そばにいたメイドに問いかければ、彼女はびくりと肩を震わせた。いじめているつもりはないのに、この子はいつも私に怯えている。髪を結い直させたり頼みごとをしたりしているだけなのに。

「……申し訳ございません、聞き覚えのない言葉です」

震えているが、美しい声だった。エル姫の声も、こんなふうだろうか。

「どこで聞いたのかしら……？　うーん……？」

考えを巡らせているうちに、膝の上に乗せていた本がするりと滑って床に落ちてしまった。慌てたようにレインがそれを拾い上げ、自分のエプロンで拭いてから私に差し出す。

指先まで震わせる彼女からそれを受け取り、布張りの表紙を撫でた。そこには、たった今目を通したお伽噺（とぎばなし）の題名である「エルの恋花」という文字が刺繍（ししゅう）されている。

……ん？　「エルの恋花」……？　やんでれ……？

「っ……！」

ずきりとした頭痛を覚え、思わず頭を抱える。意識の奥底で点と点が結ばれて、何かが形作られようとしていた。

……そう、そうよ、「エルの恋花」は――

思わず、椅子から立ち上がる。勢いよく動いたせいで、がたりと椅子が音を立ててしまった。

「え……？　ちょっと待ってちょうだい、ここは――」

――ここは、「狂愛の恋花」の世界なの？

その疑問を抱いた瞬間、とても遠い世界の記憶が断片的に蘇(よみがえ)る。どれもがおぼろげで、ひどく曖昧(あいまい)なものばかりだ。

だが不思議と、それは前世の記憶なのだと、さしたる躊躇(ちゅうちょ)もなく理解していた。

……私、生まれる前は、ここではない世界で生きていたのね。

かつての私は、争いに怯えることも、明日の食事のために命を懸けることもない、平和な国に暮らす、ごく平凡な少女だった。思い出せたことといえば、本当にそれくらいだ。

ただひとつだけはっきりしていることは、ここが「狂愛の恋花」――ある恋愛シミュレーションゲームの世界に酷似(こくじ)しているということだけだ。

「エレノアお嬢さま、いかがなさいましたか」

ちらりと覗き見るように私の表情を窺(うかが)いながら、レインが近づいてきた。私が突然立ち上がったせいで、余計に怯えさせてしまったらしい。

「そうよ……あなたは、レインなのね」

忘れもしない、「青年公爵の人形レイン」。彼女はそう、私の――エレノア・ロイル公爵令嬢の義兄にあたる、ルーク・ロイルのルートのヒロインだ。よくて監禁、悪くて刺殺の最悪な結末を辿(たど)ることになる、かわいそうな美少女だ。

「待って……ルークとレインがいるってことは、他のカップルももしかして……？」

レインの動揺はそっちのけで、この世界について考えを巡らせる。

「狂愛の恋花」の大きな特徴はふたつある。

ひとつは、作中で描かれるカップルは一組ではなく、全部で五組のカップルが登場するということ。ヒロインは五人いて、その五人それぞれに決められた攻略対象者がいる。誰を選ぶか、ではなく、どのような結末を迎えるか、ということに重きをおいた作品だった。

そしてふたつ目の特徴は――攻略対象者たちが全員いわゆるヤンデレであること。歪んだ愛を推しに推しまくったこの作品は、一部の層から絶大な支持を得ていた。

……よりにもよって、ヤンデレまみれの「狂愛の恋花」の世界に生まれ変わってしまうなんて。

「そんな……そんなことって……」

思わず涙目になって指を組む。レインがいよいよ不審者を見るような目で私を見始めたが、今は構っていられない。

「そんなすてきなことが、あっていいのかしら!!」

思わず、両手を上げて室内を走り回る。レインが慌てて誰かを呼びに行ったが、気に留めている場合ではない。

「やった……やったわ!!　神さま、本当にありがとう！」

指を組み直して、泣きながら感謝の祈りを捧げる。まるで夢でも見ているようだ。

こんなすばらしい世界に、生まれ変わることができるなんて。

……ヤンデレまみれの世界に、生まれ変われるなんて！

何を隠そう、私は大大大のヤンデレ好きだ。ヤンデレしか出てこない「狂愛の恋花」からは、他では得られない、ぎゅっと濃縮された栄養をたくさんもらった。

「ちょっと待って、もしかして……これからヤンデレ×ヒロインの恋路を間近で見られるの？」

「狂愛の恋花」とヤンデレに対する愛以外の前世の記憶はまったく思い出せないが、生まれ変わる前の私はきっと大層な徳を積んだ善人だったに違いない。そうでなければ、こんな楽園のような世界に生まれ変われるはずがないのだ。

「ルークさま、こちらです！」

勢いよく扉が開く音がして、ばたばたと慌ただしい足音とともに誰かが駆け込んできた。入室してきたのは、レインと、彼女に呼び出されたらしい私のお義兄さま——ルーク・ロイルだ。

「……何をしている？」

月の光を溶かし込んだかのような銀の髪、気品の漂う深い紺碧の瞳。そしてぞっとするほど冷たく整った顔立ち。そのすべてが、私の知る「破滅型ヤンデレ」ルーク・ロイルのものだ。

ごみを見るような冷ややかなまなざしを受けとめて、誤魔化すように曖昧に微笑む。

昨日までは愛情のかけらもない彼の態度に傷ついていたものだが、ヒロイン以外には冷酷に接するヤンデレの特徴だと思えば、冷たい視線もご褒美同然だ。

……ああ、始まるわ！

エレノア・ロイルの——私の、ハッピーヤンデレライフが！

前述の通り、「狂愛の恋花」は、ヤンデレ系の恋愛シミュレーションゲームである。

ヒロインは公爵令嬢、人工天使、女性騎士、伯爵令嬢、メイドの全部で五人。それぞれに攻略対象者がいるので、ヤンデレもまた王子さま、魔術師、騎士団長、従者、公爵令息の五人いるのだ。

作中ではすこしでも幸せな結末に至るために奮闘するわけだが、そもそもヤンデレが売りのゲームだ。バッドエンドは悲惨も悲惨。ハッピーエンドでも軟禁されるなど、一般的にメリーバッドエンドと言えなくもない終わり方をする。

その分岐点のキーアイテムとなるのが、「エルの恋花」だ。この国の古いお伽噺にも登場する有名な花で、王国にある森のそばに稀にしか咲かない、とても珍しい花だった。

この「エルの恋花」をヒロインが攻略対象者から贈られた場合、物語はバッドエンドへと突き進み、十中八九ヒロインは幽閉されるか死んでしまう。

「まさに、バッドエンドの象徴ね……」

先ほど目を通していたお伽噺の表紙を改めて眺めてみれば、そこには幾重にも花びらの重なった美しい純白の花が刺繍されていた。これが「エルの恋花」だ。本物は、淡く浮かび上がるようにきらめく、それは美麗な花なのだ。

いくらヤンデレ好きな私でも、プレイしているうちにすっかり感情移入していたヒロインが、攻略対象者から「エルの恋花」を渡された瞬間には血の気が引いたものだ。

「嫌なこと思い出しちゃったわ……」

ヒロインの悲惨な末路を脳内から追い出すように、窓辺に歩み寄って溜息をつく。よく磨かれた窓に反射する自分の姿を、改めて観察した。

夜空のような深い藍の髪と、淡い薄紫の瞳。まるで「エルの恋花」に出てくる姫君のような美しいこの容姿にも見覚えがあった。

「そうよね、やっぱりこれって、エレノア・ロイルの姿よね……」

もういちど溜息をついて、窓硝子（まどがらす）に映り込んだ自分の影に触れる。

エレノア・ロイル。彼女はどのルートにも登場する、いわば悪役の令嬢だった。

「狂愛の恋花」の中でエレノアは、とんでもなくわがままで高飛車な令嬢として描かれていた。悪役の名にふさわしく、ヒロインに対して意地悪をし、攻略対象者たちの病みを深めるのに一役買う。だが、そもそも攻略対象者たちの眼中にはヒロインしかいないので、はっきり言って脇役と言ってもいいくらいの存在だった。

脇役だからこそというべきかもしれないが、エレノアの命は非常に軽い。たった一、二行の説明の間に殺されていることなんてざらだった。そのほとんどが、攻略対象者たちの病みを際立たせるために用いられ、言葉に表すのもためらわれるような死に方をしている場合もあった。

どうやら私は、その「悪役令嬢エレノア・ロイル」に生まれ変わってしまったようだ。

だが、不思議と胸を占めるのは恐怖ではなく高揚感。私室の中でひとり、にやつく口もとを押さえながらこの幸福を噛みしめた。

「ふ、ふふ……私が『狂愛の恋花』の世界に、ね」

……やっぱり、控えめに言って最高だわ！

思わず恍惚のまじった溜息をつきながら、令嬢らしくもなく背中から寝台に飛び込んで、両手で顔を覆う。

婚約者の公爵令嬢が無口すぎるが故に、恋心を拗らせる王子さまのヤンデレ。

実験体である少女に恋をしてしまい、彼女を守るためなら手段を選ばない魔術師のヤンデレ。

幼馴染の女騎士への想いを静かに募らせ、一途に思い続ける騎士団長のヤンデレ。

伯爵令嬢との身分差に悩み、思い余って心中を図ろうとする従者のヤンデレ。

メイドと恋に落ち、権力にものを言わせて想いを屈折させていく公爵令息のヤンデレ。

……それを、間近で見られるなんて!!

「なんて、なんて最高なのっ……！」

想像するだけでうっとりする世界が今、私の目の前に広がっている。

しかも私は悪役令嬢。彼らとの接点は、待っていても向こうからやってくるのだ。

感動のあまり涙が出そうだった。ヤンデレ×美少女。これに勝る尊さがあるだろうか。

「いや、ない……!!」

ヒロインに生まれ変わらなくてよかった。ヤンデレは、第三者の立場で味わうのが最もおいしいのだ。自分がヤンデレに愛されるとなると、それはまた話が変わってくる。ヤンデレが好きだから

といって、誰もがヤンデレに愛されたいわけではないのだ。

こんなすばらしい立場に生まれ変わったからには、最大限にその恩恵にあずからねば。彼らの尊い恋の行く末を、この目で、生で見守るのだ。

「それが終わるまでは死ねないわ」

五つのヤンデレカップルすべてが成立するのを見届けるまでは、死んでも死にきれない。亡霊やおばけになってでも、絶対にこの目でカップル成立の瞬間を見守るのだ。

にやつく口もとを隠すこともなく寝台の上に立ち上がり、誰ともなしにびしっと人差し指を指す。

「待っていなさい、ヤンデレ攻略対象者さん、かわいいかわいいヒロインちゃん!!」

前世の記憶を持つ悪役令嬢エレノア・ロイルがいるからには、悲しいだけのバッドエンドにはさせない。尊い、と思えるような、歪んだ両思いハッピーエンドを成立させてみせる。

にやり、といっそう口もとを歪めて、「エルの恋花」が描かれたお伽噺(とぎばなし)の本を抱きしめた。

「さあ、見せてちょうだい！　歪んだ愛の美しさを!!」

第一章　王子さまは公爵令嬢を閉じ込めたい

完璧に整えられた王城の庭の中、最高級のティーセットを挟んで向かい側に座るのは、誰より美しい婚約者。いずれ、この国の王妃となる女性だ。

春の盛りの穏やかな風が、彼女の白金の髪をさらさらと撫でていく。控えめに伏せられた瞼（まぶた）を縁取る睫毛（まつげ）もまた白金で、神に愛された美しさを持つ彼女を前に、悟られぬよう小さく感嘆の溜息をついた。

彼女は何もかもが完璧だった。見目も、教養も、人格も、何ひとつとして非の打ちどころがない。「ハルスウェルの女神」の異名も伊達（だて）ではないのだ。

「……この茶葉は気に入ったか？　ルシア」

控えめな婚約者を怯えさせないようそっと尋（たず）ねれば、彼女は深緑の瞳をわずかにこちらに向け、こくりと小さく頷いた。その仕草は愛らしいが、同時に胸の奥がずきりと抉（えぐ）られるように痛む。

……やはり、今日も声を聞かせてはくれないいんだな。

彼女は極端に無口だ。それも、僕の前でだけ特別に。

……舞踏会に出れば、不躾（ぶしつけ）にも近寄ってくる奴らに、惜しみなくあの可憐な声を聞かせているくせに。

彼女は、この婚約が不満なのだろうか。彼女自身に対してはもちろん、彼女の生家であるティルヴァーン公爵家に対しても、最上の条件を付けて交わした婚約であるはずなのに。

何よりも、僕はルシアに出会ったあの日からずっと、ルシアのことだけを想い続けているのだ。それなのに、どうして彼女は僕にあの可憐な声を聞かせてくれないのだろう。

そんなにも、僕の婚約者でいることが嫌なのだろうか。恋情どころか嫌悪さえも抱かないほど、僕に関心がないのだろうか。

それを態度で示しているつもりなのかもしれないが、今更婚約を白紙に戻すつもりは毛頭ない。これは、彼女が生まれたときから決まっている、王家とティルヴァーン公爵家との契約だ。だから彼女はどこにも逃げようがない。どうあったって彼女の生きる道は、僕の隣にしかないのだ。

聡明な彼女のことだから、その事実は痛いほどわかっているはずなのに、どうして歩み寄ろうとしないのだろう。反抗する姿勢を見せず、淡々と公務をこなしてさえいれば、僕が満足するとでも思っているのだろうか。

……だとしたら、君は僕が君に向ける想いを取り違えすぎている。

その勘違いが、僕の心をどれだけ暗く濁(にご)らせているか、彼女は知らないんだろう。

……思い知らせてやりたいな、僕がどれほど、君の心を求めているのか。

「あまり、乱暴なことはしたくないんだけどな」

独り言のように呟いてルシアを見やれば、彼女は正確に言葉を聞き届けることができなかったのか、愛らしく小首を傾げていた。

本当に、ルシアはかわいい。息をしているだけで、この世の何より尊い存在だ。

……そんな彼女を人の目に触れる場所に置いておくこと自体、ひょっとすると間違いなのかもしれない。

そういえば、城の奥深くには、寵姫(ちょうき)を囲うための部屋があるらしい。

……君は、あの部屋を気に入るかな。

仄暗い想像を巡らせながら、頬を緩める。彼女には、こんな不穏な考えは決して悟らせない。そのために、今日も僕は穏やかな笑みを取り繕うのだ。

◆◆◆

エレノア・ロイルは悪役令嬢というだけあって、基本的に周囲の人々からの心証はよくない。お伽噺(とぎばなし)の姫君のような見た目をしているのに、心優しい姫とはかけ離れた、わがままで高飛車な令嬢だからだ。

実際、義兄であるルークは私のことを毛嫌いしているし、専属メイドのレインも私に怯えている。ロイル公爵邸の中に、私の味方はほとんどいないと言ってもいいだろう。

……でも、ルシアさまだけは例外ね。

ティルヴァーン公爵令嬢は、「狂愛の恋花」の作中でエレノアの親友として描かれていた令嬢だ。

今も定期的にふたりだけのお茶会を開いては、他愛もないひとときを過ごす仲だった。

そして何を隠そう、彼女も「狂愛の恋花」のヒロインのひとりなのだ。

……いつもにも増して、会うのが楽しみだわ。

ここが「狂愛の恋花」の世界だと自覚してからというもの、見るものすべてがきらきらと輝いているようでならない。昨日までの「エレノア」は、義兄にも実の父親にも相手にされない孤独を、自分より下の立場の者たちにわがままを言うことで誤魔化(ごまか)していた寂しい人間だったが、今の私には尊いヤンデレカップルが五組も待っている。もう、誰かを困らせるような振る舞いをする必要はないのだ。

「あの……エレノアお嬢さま、いかがでしょうか」

鏡台の前に座った私の背後には、今日もどこか怯えたような表情をしたレインが立っていた。彼女は私の藍色の髪の上半分を高い位置でまとめて、赤いりぼんを結いつけてくれていた。

顔にはすでに、薄く化粧が施されている。派手すぎず、かと言って公爵令嬢の友人に会いに行くにはふさわしい程度の、かわいらしい化粧だ。

彼女はとても器用だから、身支度はいつでも完璧なのに、昨日までの私は意地悪をしていた。まとめ髪から浮き出た二、三本の髪の毛が気に食わないからと、時間をかけて結い直させていたのだ。

……そうしていないとレインがさっさと離れてしまうから、わざと言っていたのよね。

ヤンデレという縋(すが)るものを見つけたおかげで心の余裕ができたのか、昨日までの私を客観視することができるようになっていた。本当はずっと、レインと友人のように話をしたかっただけなのだ。

そもそもレインは、今から数年前に私が路地裏で拾ってきた孤児だ。彼女のことが厄介ならば、わざわざ屋敷に連れてくるような真似はしない。

……でも、彼女をハッピーエンドに導くためにも、これからはちゃんと仲良くしなくちゃ。

どこか気まずさを覚えながらも、鏡越しにレインに微笑みかけてみる。

「綺麗に支度してくれてありがとう、レイン」

たったそれだけで、レインははっとしたように目を瞠（みは）った。あんまり大きく目を見開くから、色素の薄い灰色の瞳がこぼれ落ちてしまいそうだ。

……こうして見ると、ヒロインのひとりなだけあって本当に綺麗な顔立ちをしているわね。

「あ……お、お褒めにあずかり恐縮です」

どこかぎこちない仕草で礼をしながら、逃げるようにレインは離れていった。彼女との関係改善にはまだまだ時間がかかりそうだ。

最後に姿見の前でくるりと一回転して、外出用の薄紫色のドレスが乱れていないことを確認し、部屋を出る。白く塗られた大階段を下りて玄関広間に向かえば、使用人が忙しそうに行き来していた。

「ねえ、そこのあなた」

手紙類を抱えた若い男性の使用人に声をかけると、彼はびくりと肩を揺らした。この屋敷の人々にとって私は「なるべく関わりたくないお嬢さま」なのだ。

「はい、エレノアお嬢さま」

がたがたと震えながら、彼は深く礼をする。

……こうして怯えられるのも気に食わなくて、余計に意地悪をしていたのだっけ。

「……私宛の手紙はある？」

これは、物心がついてからというもの、毎日欠かさず問いかけている言葉だった。

私の実の父親であるロイル公爵は、公爵領の本邸に篭りきりだ。一方で、私のことは社交を理由に王都の屋敷に留めており、領地へ帰ることも滅多に許されない。どうやら私は今は亡きお母さまによく似ているらしく、公爵は妻を思い出してしまうのがつらいという理由で私を遠ざけているらしい。

「本日も、お嬢さま宛のお手紙はお預かりしておりません」

「そう……」

王都の広い屋敷に取り残されてからずっと、私はお父さまからの手紙を心待ちにしていた。それくらい、お父さまからの愛に飢えていたのだ。

……でも、こんなことも今日でおしまいにしないとね。

にこり、と手紙を抱える使用人に微笑みかける。レインと同様に、彼もまた信じられないものを見るように目を見開いていた。

「毎日しつこく聞いてごめんなさい。いつも教えてくれてありがとう」

「そんな……滅相もございません……！」

使用人は慌てたように礼をすると、手紙を抱えて足早に立ち去っていった。確かに、昨日までわがままばかり言っていた「お嬢さま」に突然礼を言われたら、逃げ出したくもなるだろう。

……ちょっとずつ変わっていかないと、みんなを驚かせてしまうわね。

思わず苦笑まじりに使用人の後ろ姿を見送っていると、たった今私が下ってきた大階段の上から落ち着いた足音が響いた。

何とはなしに見上げてみれば、そこには銀髪の美青年がいた。日の光を背にして、どこか翳りを纏ったように佇む姿は色気にあふれていて、直視するのがためらわれるほどだ。

星空を映し取ったかのように美しい紺碧の瞳は、今日も凍えるほどの冷たさで私を見ていた。

「ルークお義兄さま……」

彼こそが、ロイル公爵家の後継者。私の義兄で、血縁上は従兄にあたる人だ。

彼の実の父親は、お父さまの弟君にあたる。今から十年ほど前、彼は父君と母君を事故で亡くしており、ロイル公爵家の養子として本家に引き取られたのだ。私以外に子どもがおらず、後妻を迎える気のないロイル公爵にとっても都合のいい養子縁組だった。

お義兄さまは後継者教育のために公爵領へ赴くこともあるが、基本的には私の面倒を見るという名目でこの王都の屋敷に滞在していることが多い。彼はいつでも疎ましそうに私を見ているから、お父さまに私の保護者役を押しつけられていることは明白だった。

つまり、お義兄さまとはかれこれ十年近くともに暮らしているのだが、お世辞にも義兄妹とは言えないような浅い付き合いしかしていない。

「お義兄さま、おはようございます」

彼とはほとんど顔を合わせないが、朝のこの時間に手紙を確認するときにはよく会う。きっと、お義兄さまが私室から一階にある書斎へ移動する時間と被っているのだろう。

「ああ」

お義兄さまは冷えきった目で私を一瞥すると、興味をなくしたように階段を下りて、廊下の奥へと去ってしまった。私からすこし離れたところには、彼のヒロインであるレインも控えているのだが、そちらに目を向ける様子もない。

……お義兄さまとレインの恋は、まだ始まっていないのかしら？

「狂愛の恋花」には五組のヤンデレカップルが登場するが、どのカップルがどの順番で成立するかはよくわからない。この様子を見ている限り、まだ、彼らの番ではないのだろう。

……初めはルシアさまと、王太子殿下だったらいいな。

淡い期待を抱きながら、くるりと踵(きびす)を返す。これからヤンデレカップルに会えるかもしれないと思えば、お義兄さまの冷たい視線はすこしも気にならなかった。

◇

「本日はお招きいただきましてありがとうございます、ルシアさま」

正午を過ぎたころ、私はルシアさまのお招きでティルヴァーン公爵家にお邪魔していた。王都の一等地に建てられた白亜のお屋敷は、ティルヴァーン公爵家らしい品のよさが漂っている。

今は公爵家の中庭にティーセットを用意してもらい、そよ風を受けながら青空の下で小さなお茶会をしているところだった。

ルシアさまは返事の代わりににこりと微笑むと、優雅な所作でティーカップを口もとに運んだ。

……流石(さすが)はヒロイン。こんなちょっとした仕草でも絵になるのね。

ほう、と感嘆の溜息をつきながら彼女を見守る。深い緑色の瞳と目が合うと、気恥ずかしそうに彼女は小さく笑って視線を伏せてしまった。

……かわいい、なんてかわいいの！

ルシアさまは、私よりもひとつ年上で、白金の髪に理知的な深緑の瞳を持つそれは可憐なご令嬢だ。人間離れしたその美しさと、清廉さ、そしてその聡明さから「ハルスウェルの女神」という賞賛を込めた異名を持つ。

……わがままで高飛車という悪評のある私と親友だなんて、みんながきっと不思議に思っているわよね。

――あなた、とっても綺麗なのね。お友だちになって差し上げてもよろしくてよ？

今から十年ほど前に、幼い私は初対面でルシアさまにそう告げた。あまりにも生意気な言葉だと思うが、どうしてかそれ以来、こうして頻繁に顔を合わせるほどの親友になっている。

「おいしい……もしかして、私の好きな茶葉を用意してくださったのですか？」

馴染みのある柔らかな柑橘(かんきつ)類の香りに、体の緊張が解けていくようだ。

ティーカップを置いてちらりとルシアさまを見やれば、彼女は小さな微笑みを浮かべたまま、ごくわずかに頷いた。

本当に、いつ見ても神々しいまでの美しさだが、彼女の唯一の欠点はここにある。

ルシアさまは、基本的に無口なのだ。それも、心を許している人の前であればあるほど、口数がすくなくなるという厄介な性質だ。公務や表面上の付き合いをする人の前では流暢に喋るのに、私の前ではいちどのお茶会で二言三言話せばいいほうなのだ。

その性質は、婚約者である王太子殿下の前でも例外ではないらしい。夜会でもお茶会でも、ルシアさまと殿下が会話に花を咲かせている場面を見たことがない。

そしてそれこそが、王太子殿下の病みを加速させる一因だった。

ルシアさまと殿下のルートの概要はこうだ。

人当たりがよく、心優しい王太子殿下と、女神とまで謳われる完璧な公爵令嬢であるルシアさま。誰からも祝福される関係のふたりだが、恋人らしい付き合いをしているかと言われればそうではない。

王太子殿下は、ルシアさまに心底惚れていた。それこそ、他の何を投げ打ってもいいというくらいに、ルシアさまを愛していた。

ルシアさまもまた殿下に恋い焦がれ、心を許しているのだが、問題はその態度だ。

親しい人の前ではほとんど何も話さなくなるだけあって、ルシアさまは王太子殿下とふたりきりになっても、にこにこと微笑むばかりで会話が弾まない。その反面、社交界に出れば表面上の付き合いをしている貴族たちとは会話に花を咲かせる。

王太子殿下は、ルシアさまのこの様子を見て不安になり、ルシアさまに他に想い人がいるのではないか、とだんだんと疑念を膨らませていく。

やがてその疑念が、ルシアさまへの愛しさを超えてしまい、ついに殿下は強硬手段を取る。妃教育を建前にして、ルシアさまをお城に閉じ込めてしまうのだ。

そこからは、散々だ。ルシアさまを繋ぎとめるために既成事実を作ろうとしたり、暴力的な手段で脅してルシアさまに無理やり喋らせようとしたり、と思わず目を背けたくなる鬱展開が待っている。普段は人当たりのいい紳士である王太子殿下だっただけに、その変わりようには目を瞠るものがあった。

その中で、ルシアさまが殿下の心の歪みごと受けとめ、なおかつ、ご自身の想いをきちんと言葉にすることができれば、ふたりを待つのはハッピーエンドだ。王太子殿下はルシアさまへの横暴を悔い改め、心を通わせたふたりは、予定通りに結婚式を挙げ、誰からも祝福される王太子夫妻として幸せに暮らす。

だが、ルシアさまがご自身の想いを口にすることができなければ、やがて殿下から直々に「エルの恋花」を渡される。

この場合、ルシアさまは表向きには死亡したことになり、王城の奥深くで生涯監禁される。次第にルシアさまは自我を失い、殿下のお人形さんになるという、バッドエンドもいいところの終わり方をするのだ。

ちなみにこのふたりの物語で、エレノアは王太子殿下の病みを加速させる役を担っている。

――ねえ、殿下？　同じ公爵令嬢なら、ルシアさまではなく私でもいいのではなくって？　何も喋らない無口なお人形さんより、私のほうがずうっと殿下にふさわしいと思いませんこと？

甘ったるい声でこんな台詞を囁いて、エレノアは殿下に付きまとう。そしてあるとき、運悪く殿下とエレノアが一緒にいる場面をルシアさまが目撃し、殿下とルシアさまの溝が深まってしまう、というありがちなイベントが起こるのだ。

この振る舞いに対する罰として、エレノアは王国から追放され、二度と王城に足を踏み入れることが叶わなくなる。もっとも、他の攻略対象者にはあっさりと殺されることを考えれば、これはまだ優しい処遇だと言えるかもしれない。

だが、今の私は追放刑を科されるわけにはいかないのだ。

王国から追放されてしまっては、他の四組のカップル成立を見守ることができなくなってしまう。それはすなわち、私の生きがいを奪うことに等しい。

つまり、私がこのふたりのルートにおいて目指すべきことはふたつ。王国からの追放を避け、なおかつ、ふたりをハッピーエンドに導くことだ。

ヤンデレ好きな私としては、ふたりが迎えるバッドエンドも悪くはない――どころか、大変おいしい結末であるのだが、あくまでそれは画面越しに限った話だ。

十年近くの付き合いがある幼馴染が、王子さまのお人形になる様を、喜んで見守るほど冷たくはなれない。

何より、ふたりにはまともなハッピーエンドが用意されているのだ。歪んだ愛を内包しつつ、表面上は円満な夫婦として振る舞う、コントロールされたヤンデレもまたたまらない。

「それどころか……おいしすぎるわ！」

ふたりの恋路を想像するだけで、震えるほどに幸せだ。ハッピーエンド――すなわちコントロールされたヤンデレルートを迎えたふたりを見ているだけで、何斤でもパンを食べられる。

ルシアさまは私の言葉を紅茶に対する感想だと思ったのか、わずかに笑みを深めて、深緑の瞳でじっとこちらを見つめてきた。とてもかわいい。明らかに好意を向けられていると察するには充分な表情であるのに、殿下はこの微笑みだけで満足しなかったのだろうか。それほどまでに、殿下はルシアさまに恋い焦がれているということだろうか。愛が重い。やっぱりおいしすぎる。

「ふふ、それで、ルシアさま、今日は私に何か御用ですの？」

ティーテーブルに軽く身を乗り出すようにして問いかければ、ルシアさまは背後に控えている侍女のひとりに目配せをして、何かを持ってこさせた。

侍女が持ってきたのは、宝石の散りばめられたふたつの髪飾りだった。それぞれ小箱に収められており、片方は新緑を思わせる鮮やかな宝石、もう片方は青みがかった紺碧の石が埋め込まれている。

「これは……」

これは確か、王太子殿下とルシアさまの物語において、王太子殿下の病みを加速させるか否かが決まるキーアイテムのひとつではないだろうか。

「狂愛の恋花」の中で、ルシアさまは殿下とともにとある夜会に出席する。その際に、夜会で身に着ける髪飾りを選ぶイベントがあるのだが、これを間違えると一気に殿下の病みが加速するのだ。

王太子殿下は、青みがかった黒髪に、鮮やかな新緑の瞳を持つ青年だ。ルシアさまの意図としては、殿下の髪色と瞳の色のどちらに合わせた髪飾りを選ぶべきか、と悩んでいるのだろうが、ここで紺碧の宝石を選ぶと、殿下の病みが加速してしまう。

紺碧、といえばこの国の社交界で真っ先に連想されるのはルーク——私のお義兄さまの瞳だった。白銀の髪に紺碧の瞳を持つお義兄さまは、令嬢たちの憧れの的で、特に星空をそのまま映し取ったような紺碧の瞳は、どんな宝石にも劣らないと謳(うた)われている。

そのため、ルシアさまが紺碧の宝石を身に纏うと、王太子殿下は「ルシアが恋い焦がれているのはルークではないか」という誤解を深めてしまうのだ。

それが結局、ルシアさまがお城に閉じ込められる引き金のひとつになるわけだが、ふたりをハッピーエンドに導くためには、お城に引っ込まれては敵わない。

ルシアさまは、髪飾りとともに繊細な模様の描かれた招待状を差し出して、小首を傾げた。要は「この夜会に着けていく髪飾りはどちらがいいと思う?」と訊いているのだ。

迷う余地はない。私は新緑の宝石が埋め込まれた髪飾りをそっと手に取って、にこりとルシアさまに微笑んだ。

「絶対に、こちらのほうがよろしいですわ。まるで殿下の瞳の色そのもののような鮮やかさですもの。ルシアさまがこちらを身に着けたら、殿下はきっと、それはそれはお喜びになられるはずですわ!」

殿下が喜ぶ、という言葉が嬉しかったのか、ルシアさまはすこしの間考えた後に、どこか恥ずかしそうに小さく頷いた。淡い白金の髪がふわりと揺れる。やっぱりかわいい。

「ふふ、もしかして、私に相談する前から、こちらにしようと決めていたのではありませんこと?」

ルシアさまがあんまりかわいいから意地悪をするように問い詰めれば、彼女は小さく頭(かぶり)を振った。

「……あなたに、決めてもらいたかったのです」

鈴を転がすような可憐な声だ。滅多に聴けないだけあって、ルシアさまの声は一等美しく思える。わかりきっていたことをわざわざ問い詰めてしまったが、ルシアさまの声を聴けたのだから大満足だ。

私はにやにやと笑みを深めながら、新緑の宝石の髪飾りをルシアさまの手もとに戻した。

「こちらの紺碧の宝石は殿下の髪の色、新緑の宝石は殿下の瞳の色を想定してご準備なさったのですよね?」

まったく同じ意匠の髪飾りを並べて、ちらりとルシアさまを見やる。彼女は気恥ずかしそうに肩を縮めていた。最高にかわいい。

「確かに、殿下の髪色は青みがかった黒ですが、こちらの宝石は紺碧と呼ぶにふさわしく、どちらかと言えば私のお義兄さまの瞳を連想してしまいますわ」

お義兄さまの瞳の色なんてまるで考えていなかったのか、ルシアさまははっとしたように私を見ていた。この美しい令嬢の眼中には、やはり王太子殿下しかいらっしゃらないらしい。

「いいですか、ルシアさま。この先、装飾品やドレスの色に悩むようなことがあれば、ひとまず新緑にしておけば間違いはありません。殿下のご機嫌もいっそうよろしくなるでしょう」

緑の瞳は王族か、それに近しい公爵家にのみ受け継がれる色だ。幸い、王族にも公爵家にも緑の瞳を持つ年ごろの男性は王太子殿下以外にいないので、迷ったらまず緑を選んでおいて間違いはないだろう。ルシアさまは、ルシアさま自身も深緑の瞳であるわけだから、似合わないなんて心配もない。

ルシアさまは、私の言葉を聞き届けると、ほんのりと頬を染めて頷いた。

……よかった。これで多少は殿下の病みを加速させずに済むかしら？

バッドエンドから、一歩遠のいたかもしれない。一仕事終えたような達成感を味わいながら、私は紅茶を再び口に運んだ。

ひとしきり照れていたようなルシアさまだが、ふいに姿勢を正したかと思うと、紺碧の宝石が埋め込まれた髪飾りを私に差し出してきた。

繊細な模様が彫り込まれた銀の小箱を目の前にして、今度は私が小首を傾げる番だ。もっとも、「エレノア・ロイル」がやっても、あざといだけで愛らしさはないのだろうけれど。

「ルシアさま、こちらは？」

「……差し上げます」

「え？　……でも、こんなすばらしいものを……いいのですか？」

大ぶりな紺碧の宝石も、繊細な金と銀の細工も、とんでもない値段がしそうだ。下手したら、ちょっとした屋敷くらいは建つのではないだろうか。

「この間、宝石商が来たときに見かけて……それであなたと、お揃いで、着けたくて……」

そこまで言って、ルシアさまは頬を真っ赤に染めて俯いてしまった。

「……お揃いで、って……」

まさか、私の前にふたつの髪飾りを並べたのも、ルシアさま自身がどちらを身に着ければよいか悩んでいるからではなく、私への贈り物として、私がどちらを好むか尋ねたかったからなのだろうか。

「……あなたがわたくしにこの色を勧めてくださったから……わたくしは、こちらを」

ルシアさまは大切そうに新緑の宝石が埋め込まれた髪飾りを胸に当てて、眩いばかりの微笑みを浮かべた。

作中では、ルシアとエレノアは「親友」ではあったが、エレノアが殿下に言いよる場面があるあたり、エレノアはルシアのことをさほど大切に思っていなかったと推察される。

だが、ルシアはきっと違ったのだ。エレノアを――私を、大切な親友として尊重してくれている。

……こんなすてきな友人を裏切るなんて、絶対できない。

紺碧の宝石が埋め込まれた髪飾りを、そっと胸に抱く。

……絶対に、ルシアさまの恋をバッドエンドにはさせないわ。

改めて決意を固め、ルシアさまに笑いかける。

「ありがとうございます、ルシアさま。必ず、夜会に着けていきますね」

ルシアさまはやっぱり恥ずかしそうに頬を赤らめて、小さく笑った。

そのまま紅茶を片手にくすくすと笑いあっていると、ふと、離れたところに控えていた侍女のひとりが焦ったようにルシアさまのそばに歩み寄り、何かを耳打ちする。途端、ルシアさまの瞳が驚いたように見開かれた。

……急用でもできたのかしら？

それならば私はお暇しなければ、と話の切り出し方を逡巡していると、屋敷の中から青みがかった黒髪の青年が現れた。遠目からでも目を引くような存在感がある。

……王太子殿下だわ！

殿下が訪れることはルシアさまとしても予想外だったのだろう。私とほとんど同時に椅子から立ち上がり、ドレスを摘まんで礼をした。

「やあ、ルシア。突然訪ねてしまってすまない。近くまで寄ったものだから、君の顔が見たくてね」

よく通る爽やかな声は、王太子殿下のものだ。声だけ聞くと、ヤンデレとは思えない好青年ぶりだった。

ルシアさまが慎ましくもういちど頭を下げる気配がする。夢のヤンデレカップルが目の前で向かいあっているのだと思うと、一刻も早く顔を上げたくて仕方がなかった。

「友人を招いていたところだったんだね。邪魔をしてしまったな。その髪色は……ああ、ロイル公爵家のエレノア嬢か」

声をかけられ、私もドレスを摘まんだまま口を開く。

「王太子殿下、ご機嫌麗しゅう存じます。ルシアさまのお招きで、お茶をいただいておりました」

「ああ、私的な場なんだからもっと楽にしてくれて構わないよ」

殿下の言葉にゆっくりと顔を上げる。人好きのする爽やかな笑みを浮かべた殿下が、品よく目の前に佇んでいた。その新緑の瞳は、やはりルシアさまだけに向けられている。

……あふれんばかりの愛おしさと、独占欲を思わせるほのかな翳り。これぞヤンデレの目だわ！

心の中で大喝采を送りながら、殿下の横顔を見つめる。その拍子にふと、彼の隣に並ぶ青年の存在に気がついた。

……お義兄さま？

星空のような深い紺碧の瞳と、一瞬だけ目が合う。彼は私を一瞥した後、眉を顰めてすぐに視線を逸らしてしまった。

「ついさっきまでルークと建国祭について打ち合わせをしていたんだ。エレノア嬢もいるならちょうどよかった」

殿下の紹介で、お義兄さまが一歩前へ出て、ルシアさまに形式的な挨拶をする。

「ティルヴァーン公爵令嬢、突然の訪問をお許しください。義妹を連れてすぐに失礼いたしますので、どうか殿下とごゆっくりお過ごしください」

……やっぱり、そうなるわよね。

ルシアさまと殿下のヤンデレカップルを眺めながらであれば、お茶菓子なしで何杯でも紅茶をいただけそうなのだが、ふたりの邪魔をするわけにはいかないというお義兄さまの判断も理解できる。

だが、ルシアさまは可憐な微笑みを見せたかと思うと、滑らかに口を開いた。

「ロイル公爵令息、我が屋敷へお越しいただきありがとうございます。せっかくご足労いただいたのです、よろしければお帰りになる前にお茶でもいかがですか」

……本当、仲良くない人の前では人が変わったように喋るのね。

これほどたくさんルシアさまの声を聞いたのは久しぶりだ。澄みきった可憐な声に癒されながらも、ちらりと殿下の様子を窺う。

殿下は、先ほどまでの爽やかさをぎりぎり保ちつつ、深く翳った目でルシアさまを見ていた。春だというのに、思わずぞわりとした寒気を覚える。

……やっぱり、バッドエンドではルシアさまを監禁するヤンデレなだけあるわね。

お義兄さまとだけ滑らかに話すルシアさまを見て、殿下は嫉妬しているのだろう。こんなに仄暗い感情をにじませた目で見られているのに、ルシアさまは何も気づかないのだろうか。

ヒロインの鈍感さはヤンデレの病みを育むおいしい要素ではあるが、目の前で友人があまりに鈍い振る舞いをしていると不安のほうが勝る。

「ルシアさま、せっかくですけれど私、もうお腹いっぱいですの。今日のところはお義兄さまと一緒に失礼させていただこうかと思いますわ」

わがままなエレノアらしく切り出せば、ルシアさまはこくりと頷いた。多少無礼とも捉えられかねないエレノアのはっきりした物言いにも慣れているらしい。

「じゃあ……門までお見送りする……」

ぽつりと呟いたかと思うと、ルシアさまは私の手を取って歩き出した。ふたりでいるときはよくこうして歩いているから問題ないが、今は王太子殿下がいるのだ。彼の手を取らない選択はあまり賢明とは言えない。

……困ったわ。ルシアさまはかなりのヤンデレ育成型ヒロインね。

今も背後からひしひしと翳った視線を感じるというのに、ルシアさまは呑気に微笑んだままだ。

「建国祭、楽しみ」

ルシアさまが、内緒話をするようにくすりと笑う。豪華なものに慣れている公爵令嬢であるルシアさまが楽しみにするほど、この国の建国祭は盛大だ。

「ええ、本当に――」

……ん？　建国祭？

先ほどからちらちらと話題に上る言葉だが、何かが引っかかる。その言葉から連想されるのは、美しい月夜と「エルの恋花」だ。

「っ……！」

はっと、大切なことを思い出す。同時に、「狂愛の恋花」のことを思い出したときのような、鋭い頭痛に見舞われた。

そうだ、建国祭は、この夜会は――

……ルシアさまと殿下のルート分岐の夜会じゃない！

頭痛とともに蘇るのは、ルシアさまが王城の奥深くで殿下に監禁されている場面。背徳的で官能的な美しさのある場面ではあったが、生身の友人にあんな状況には陥ってほしくない。

……思ったより猶予がないわ。

ここが「狂愛の恋花」の世界だと気づいたのが昨日でよかった。一歩間違えれば、私は親友をバッドエンドに進ませていたかもしれない。

恐怖で、ばくばくと心臓が暴れていた。落ち着かなければ。まだ、どうとでも軌道修正できる段階にいるはずなのだから。

いちどだけ深呼吸をして、考えを巡らせる。ハッピーエンドに導くためには、ふたりの距離を縮めるような何かが必要だ。

……ちょっと無理やりだけれど、小さな嘘をついてみようかしら。

尊いハッピーヤンデレルートのためならば、多少の嘘も厭わない。にいっと唇を歪めて、隣を歩くルシアさまを見た。

「ねえ、ルシアさま」

白く塗られた大きな門が見えてきたあたりで立ち止まり、内緒話をするようにそっと彼女の耳もとに顔を寄せる。

「建国祭の迷信はご存知？」

エレノアの艶のある声で言うと、まるでとても悪い誘いでもしているような気になってしまう。

ルシアさまは囁き声がくすぐったかったのか、わずかに身を捩ったが、頬を赤らめて私の言葉を待ってくれていた。

「私、メイドから聞いたのです。建国祭の夜に告白をすると、そのお相手といつまでも幸せに暮らせるのですって」

もちろん、こんな伝承はない。たった今私が作り上げた架空の迷信だ。

……でも、なんとしてでもルシアさまから殿下に想いを伝えていただく流れを作らなければ。

ルシアさまのバッドエンドルート回避の条件は、彼女が殿下に自分の想いを伝えること。たったそれだけで、誰からも祝福されているふたりには、ハッピーエンドが待っているのだ。

「告白、ですか……？」

ルシアさまはますます顔を赤らめて囁(ささや)くように問い返してきた。考えるだけで顔を真っ赤にしてしまうほど純真なお嬢さまなのだ。私の親友はかわいすぎる。

「ええ。この機会を逃す手はありませんわ。ルシアさまから殿下に想いを伝えるのです」

彼女は深緑の瞳をさまよわせた。どうやら迷っているようだ。奥手な彼女だから、なかなか踏ん切りがつかないのだろう。

「未来の王太子夫妻が幸せであればこの王国も安泰！　というものです。ね？　いい機会でしょう？」

ルシアさまの手を握って、ここぞとばかりに詰め寄る。多少強引にでも「うん」と言わせなければ。

やがて、ルシアさまは恥じらうように長い睫毛(まつげ)を伏せて、おずおずと頷いた。

……やった！　これでハッピーエンドにまた一歩近づいたわ！

思わず小躍りしそうなほどに喜びを噛みしめていると、ルシアさまが珍しく私をじっと見つめてきた。

「……どうしました？」

十年近い付き合いのおかげで、無口なルシアさまの言いたいことも大体察することができるようになったのだが、やっぱりわからないこともある。

そのまま辛抱強く言葉を待っていると、仕返しと言わんばかりに彼女は私の耳に口を寄せた。

「……あなたも」

「え？」

ルシアさまはそれだけ言うと、何かをねだるようにまじまじと私の瞳を見つめた。

会話の流れと「あなたも」という一言からして、何となく察しがついてしまう。思わず、引き攣ったような笑みが浮かんだ。

「……まさか、私も告白をするように、とおっしゃっているのですか？」

ルシアさまは大真面目な表情で、大きく頷いてみせた。

「ですが、ご存知の通り、私には婚約者もおりませんし……ましてや想い人なんて……」

「……エレノアが言わないなら、わたくしも言わない」

「っ……！」

いじけたように、ルシアさまは軽くそっぽを向いた。これには慌ててしまう。

ルシアさまから殿下への告白がない限り、遅かれ早かれふたりを待つのはバッドエンドなのだ。

それだけは、何としてでも避けなければ。いくら私好みのバッドエンドとはいえ、大切な幼馴染が監禁されるのは絶対に避けたい。

「わ、わかりました、わかりましたわ!! 私もちゃんと告白しますから!」

告白する相手の見当すらついていないというのに、勢いのまま半ば自棄になって宣言してしまう。

ルシアさまはそんな私の心情を知ってか知らずか、にこりと満足そうに微笑んだ。何だかルシアさまにまんまとしてやられたような気がする。

「……とにかく、殿下にちゃんとお気持ちをお伝えくださいね? 約束ですよ?」

念を押せば、ルシアさまは再び頬を染めてこくりと頷いた。

その微笑みを受けて、達成感にも似た気持ちを噛みしめる。

……このままルシアさまの告白を殿下が聞き届けてくだされば、コントロールされたハッピーヤンデレルート突入間違いなしだわ!

「ふふ、じゃあ、建国祭を楽しみましょうね! ハルスウェルの女神に祝福あれ!」

ルシアさまの手をぎゅう、と握って、門の前で別れた。

御者の手を借りて、馬車に乗り込み、窓越しにルシアさまに手を振る。遅れてお義兄さまも乗車すると、馬車はゆっくりと公爵邸に向けて走り出した。

……このまま、ルシアさまが殿下と幸せになれたらいいな。

ルシアさまからいただいた髪飾りの小箱を撫でながら頬を緩ませる。だが、隣から冷えきったまなざしを感じて、はっとした。

……そうよ、お義兄さまとふたりきりじゃない。

どこか気まずさを覚えながら、おずおずと彼の表情を窺う。

紺碧の瞳は、どこか不機嫌そうに私を見ていた。いつものことだ。

「お義兄さま、建国祭、楽しみですわね」

勇気を振り絞って話しかければ、彼は軽く息をついて前を向いてしまった。

「……身支度にかかる費用はすでに渡しているだろう。その範囲内で好きにしろ」

そういえば、以前、十分すぎるほどの準備金を受け取った記憶がある。夜会のたびに「あの宝石が欲しい」「これを仕立てて」とわがままを言う私に辟易して、いつしかお義兄さまはあらかじめ余分にお金を渡して、私の好きに支度をさせるようになっていた。

……本当は、お義兄さまに一緒に選んでもらいたかっただけなのだけれど。

――私のこと「エル」って呼ぶのを、許して差し上げてもよろしくてよ、お義兄さま。

十年前、家族を失った絶望に打ちひしがれているお義兄さまに向かって、幼い私はそう言い放った。「エル」と愛称で呼んでもらうほどに親しくなろうという遠回しな意思表示だったのだが、お義兄さまにとって、その振る舞いはひどく高慢で思いやりに欠けた言葉に思えただろう。

……始まりが最悪なのよね、私とお義兄さまは。

できることなら十年前からやり直したいが、後悔しても仕方がない。レインとお義兄さまをハッピーエンドに導くためにも、ここから関係改善を図っていくしかないのだ。

「……建国祭では、お義兄さまがエスコートしてくださるのですか？」

婚約者がいないため、私のエスコートはいつもお義兄さまがしていた。それを内心嬉しく思っていたけれど、きっとお義兄さまにはすこしも伝わっていないのだろう。

「不満があるなら、さっさと婚約者を見つけろ。必要なら見つけ出してやる」

疲れたようにお義兄さまは溜息をつく。本当は、私の手など取りたくはないのだろう。

「……お義兄さまのお隣に並んでも恥ずかしくないように、きちんと支度しますね」

思いきって、お義兄さまに笑いかけてみる。緊張しているせいか、どこかぎこちない笑みになってしまった。

しばしの沈黙ののち、お義兄さまは眉間に皺(しわ)を寄せたかと思うと、不快なものを見たと言わんばかりに顔を背けてしまった。

……そう簡単には仲良くなれないわよね。

それ以上お義兄さまに話しかけることはせずに、流れゆく窓の外の景色を眺めた。

「エレノア」に貼られた「悪役令嬢」のレッテルは、なかなか剥がれてくれそうにない。

◆　◆　◆

銀色の月明かりが差し込む部屋の中、天蓋付きの豪華な寝台の上に、白金の髪の少女が横たわっている。

髪と同じ白金の睫毛(まつげ)で縁取られた瞼(まぶた)はぴたりと閉じられており、目尻から透明な涙がひと粒こぼれ落ちた。

その少女の傍らで、歪んだ熱を帯びた新緑の瞳で笑う青年がひとり。

「ルシア」

青年の声は、陰鬱な寝室の雰囲気に似合わず、どこか甘く、恍惚とした響きがあった。

呼びかけられた少女はわずかに瞼を開いたが、その深緑の瞳に光はない。元から無口だった少女の声は、このところ、涙とともにこぼされる嗚咽以外で発せられることはなかった。

「ほら、ちゃんと声を聴かせてくれ。ルシア。泣いてばかりいないで、僕にも笑いかけてくれよ」

ぎし、と寝台が軋む音とともに、青年は少女との距離を詰める。以前青年が同じことをしたときには怯えるような反応を見せた少女も、今はただ、虚ろな瞳で天蓋を仰ぐだけだ。

青年はそれにもどかしさを感じるように、口もとに浮かべていた笑みを引き攣らせた。そのまま手の甲でそっと少女の頬を撫でる。

「ルシア、そんなに僕の婚約者でいるのが嫌だったの？　僕はこんなに君を……君だけを想って生きてきたのに。どうして、振り向いてくれないんだ」

その言葉はもう、少女の耳には届いていなかった。ただ、目尻に溜まっていた涙がまたひと粒少女の横顔を滑り落ちていく。それこそが、まるで青年への返事の代わりだと言わんばかりに。

「まあ、もういいか……どうなったって」

青年は自嘲気味な笑みを浮かべたかと思うと、寝台のそばの机に飾ってあった一輪の白い花を手にした。浮かび上がるように淡く輝く、甘い香りのする大輪の花だ。

青年は茎を短く手折ると、そっと少女の髪に飾りつけた。

「……綺麗な『エルの恋花』だ。君にあげるよ。白金の髪によく似合ってる」

花を飾りつけられた少女は、それでもなおお人形のように微動だにしなかった。

その様子は、彼女の心はすでにここにはないのだと悟るには充分で、青年は泣き出しそうな顔でふっと笑った。

十数年もの間恋焦がれた少女は、ようやく青年のものになった。その事実に仄暗い満足感と甘い背徳感を覚え、青年はうっとりと溜息をつく。

「綺麗だよ、ルシア。これからもずっとそうしておいで。僕が、僕だけがいつまでも、君を愛してあげるからね」

歪んだ愛の告白とともに、青年は虚ろな瞳の少女に深くくちづけた。

少女の頰の上に、ひと粒の涙がこぼれ落ちたことには、気づかないふりをして。

◆ ◆ ◆

「っ……！」

荒い呼吸とともに飛び起きる。まだ薄暗い、見慣れた寝室の風景が視界に飛び込んできた。

肩で息をしながら、生々しい悪夢から抜け出すように何度も瞬きをする。

「今のは……夢、よね？」

今し方見た夢の鮮明さは異様だった。美しいが、背徳感に満ちたあの光景にいたのは、間違いなくバッドエンドを迎えたルシアさまと殿下だ。

人形のように微動だにしない親友の姿を思い出して、思わず身震いする。

あれは、選択を誤った場合の、そう遠くない未来のルシアさまの姿だ。ただの悪い夢ではない。

「大丈夫……大丈夫よ。告白するって約束してくださったもの」

自分に言い聞かせるように何度か呟いて、天蓋から下りた薄布を割り開いた。

あれから一週間、ついに、運命の建国祭の日がやってきた。今日の夜会では、なるべくルシアさまに張りついて、ルシアさまと殿下の想いがきちんと通じあったかどうか確認するつもりだ。

……そういう意味では、今日は決戦よ！

ひとりで気合を入れていると、視界の隅に灰色の髪の少女を認め、顔を上げた。どうやらレインが支度を手伝いに来てくれたらしい。

「お嬢さま……おはようございます。お湯の準備ができております」

「おはよう、レイン。……今日は、とびきり綺麗にしてくれる？　とっても大切な日だから」

期待するようにレインに微笑みかければ、彼女はおずおずと胸に手を当てて礼をした。

「はい……お嬢さま、お任せください」

髪飾りに合わせた紺碧のドレスと、星の光のような銀の靴。首もとには、髪飾りと同じ紺碧の宝

石があしらわれたチョーカーを着け、耳にも揃いの意匠のイヤリングがぶら下がっている。髪も肌も、レインに丁寧に磨き上げられたおかげでぴかぴかだ。石鹸と香油の花のような香りを纏い、完璧な装いで私は建国祭の夜会に参加していた。

隣に立つのは、黒い礼服姿のお義兄さまだ。銀髪を片側だけ上げている髪型はいつも通りだが、纏っている服が格式高いせいか、いつもより瞳の鋭さが増しているように見える。加えて私などのエスコートをしなければならないことに疲れているのか、どことなく気怠げな雰囲気も醸し出していて、それがまた彼の色気を引き立てていた。相変わらず、怖いほど美しい人だ。

……レインにも、もっとよく見せてあげたいわ。

彼のヒロインであるレインは、見送り間際にちらりとしかこの姿を見ていないはずだ。ヒロインのレインより悪役令嬢の私がお義兄さまの美しさを堪能してしまうなんて、罪悪感すら覚える。

「……何だ」

お義兄さまは私の視線に気づいたのか、睨むようにこちらを一瞥した。相変わらず私とお義兄さまの間には距離があるが、いちいち傷ついていられない。なるべく自然な微笑みを浮かべて受け流した。

「ふふ、お義兄さまって、とってもすてきだと改めて思っておりましたの。みなさん、お義兄さまに釘付けですわ」

周りを見渡してみれば、男女問わずちらちらとこちらを見つめていた。これだけ美しい青年がいれば、目を引くのも無理はない。

「……お前は妙なところで鈍感らしいな」

「え？」

お義兄さまは、珍しく会話が続きそうな言葉を返してくれた。このところ、私が毎日笑いかけている成果が出たのだろうか。

驚いている間に興味をなくしたのか、お義兄さまはすっと前を向いてしまった。せっかく会話を続けられる機会だったのに、なんだかもったいないことをした気がする。

お義兄さまの視線を辿るように私も広間の中心を見やれば、そこには輝くような美しさのルシアさまと王太子殿下の姿があった。国王陛下による建国祭開会の宣言を終え、未来の国王夫妻であるふたりは有力貴族たちとの交流を深めているのかもしれない。

……ルシアさま、新緑のドレスを選んだのね。ばっちりだわ。

私の助言を、気に留めてくれていたのだろう。殿下の瞳の色を思わせる新緑で、髪飾りからドレスまで揃えた姿は、告白にはうってつけだ。

ルシアさまは可憐な微笑みを浮かべ、貴族たちと話をしているようだった。きっとそれほど親しくない相手なのだろう。彼女の唇がよく動いている。その様子を、殿下はじっと見守っていた。

……なんだかはらはらする構図ね。

王太子殿下は、ヤンデレであるだけあって相当嫉妬深いたちなのだ。この間見た翳った瞳といい、今朝見たばかりの悪夢といい、なんだか穏やかな気持ちでふたりを見守ることができない。

見ているそばから、殿下はルシアさまの腰に腕を回して、何かを言い含めるように距離を縮めた。

いつもは気恥ずかしそうに肩を縮めるルシアさまだが、今日はなんだか様子がおかしい。遠目には、彼女が何かを言い返しているように見える。

やがて、ルシアさまは殿下を引き剥がすように距離をとると、そのまま広間の中心から駆け出してしまった。殿下は慌ててルシアさまの後を追おうとしているが、貴族たちに引きとめられ、広間から抜け出せずにいる。

……大変だわ！

黙って見ているわけにはいかない。今日は彼らの恋路がバッドエンドになるか否かの大事な夜なのだ。思わずお義兄さまを見上げ、ドレスを摘まむ。

「お義兄さま、私、お化粧を直しに行って参りますわ。ちょっと失礼いたします！」

夜会はまだ始まったばかりだというのに苦しい言い訳だが、そのままお義兄さまの返事も聞かずに広間を後にした。ルシアさまを見失わないように、と自然と足が急く。

ルシアさまは、どうやらひとけのない廊下のほうへ向かっているようだった。ドレスを摘まんで必死に足を動かしながら、遠ざかるルシアさまの後ろ姿を懸命に追った。

「ルシアさま！」

背後から呼びかけるのはあまり褒められた行いではないが、聞き慣れた私の声だからか、ルシアさまはさほど驚くこともなく振り返ってくれた。長い白金の髪が、ふわりと揺れる。

中庭へと通じている廊下には、銀色の月影が満ちていて、華やかな広間とはまるで別世界のように静まり返っていた。そのままルシアさまとの距離を詰め、まっすぐに彼女を見つめる。

深緑の瞳は、わずかに潤んでいるようにも見えた。やはり、殿下と何かがあったのだ。

「ルシアさま、突然広間から出ていかれるなんて、いったいどうなさったのです？　……王太子殿下と、何かございましたか？」

ルシアさまはぎゅっとドレスを握りしめ、視線をさまよわせていた。どことなく思い詰めたようなその表情に、不安が募る。

たっぷり数十秒の沈黙の後、彼女は俯いたままぽつぽつと話し始めた。

「……殿下が、他の者とあまり口を利かないように、とおっしゃるのです。……あなたのことも含めて」

「っ……！」

危惧していた通り、あの一見爽やかな好青年風のヤンデレは、日ごろから募らせていた嫉妬心をついにルシアさまにぶつけたらしい。

……このままではまずいわ。

ぎこちなく笑みを取り繕って、ルシアさまの手を取った。

「ルシアさま、それはきっと、殿下はそれだけルシアさまのことを大切に想っていらっしゃるということですわ。ルシアさまが殿下にお気持ちをお伝えになれば、きっとそのようなことをおっしゃることもなくなるのではないでしょうか？」

「わたくしの、気持ち……」

戸惑うようなルシアさまの深緑の瞳を見据えながら、もうひと押しする。

「はい！　ルシアさまのお気持ちです！　建国祭の迷信のこともありますし……仲直りする機会に、お気持ちをお伝えするのはいかがかと――」

「――わたくし……本当に、殿下のことが好きなのかしら」

「え……？」

すっと、血の気が引いていく。苛立ちをあらわにするルシアさまを前に、警鐘を鳴らすように心臓がばくばくと暴れ出していた。まさか、ルシアさまの口からこんな台詞を聞くことになるなんて。

ルシアさまは、美しい顔にわずかな苛立ちをにじませて、私の前だということが信じられないほど流暢に言葉を続けた。

「殿下は、わたくしが何をするにも誰と何をしたのか、といちいち詮索なさるのです。そんなにわたくしのことが信じられないのかしら。確かにわたくしは殿下より三つも年下ですし、至らない部分があるのは確かですけれど、それにしたって子ども扱いが過ぎるというものです。ましてやわたくしがいちばん仲良くしているあなたとの会話を禁ずるなんて、いくら殿下でも横暴が過ぎます」

ルシアさまとは思えぬ勢いに、返す言葉もない。相当鬱憤が溜まっているらしかった。確かにあんなにわかりやすく執着されていたら、うんざりするのも無理はないかもしれない。

……ああ、でも、どうしたらいいの。

ルシアさまの想いが本当に殿下に向いていないのなら、ふたりを待ち受けるのはあの陰鬱なバッドエンドしかないのに。ますます、血の気が引いていく。

何か、何か言わなければ――と模索している最中、ルシアさまは溜息まじりに睫毛を伏せ、再び口を開いた。

「……わたくしのこと、もっと信じてくだされぱいいのに」

切なげな声と悩ましげな表情に、はっとする。

先ほどまでの苛立ちをにじませた姿とは打って変わって、どこか拗ねたような、いじらしい表情だ。もしもルシアさまが殿下のことを何とも思っていないならば、こんなにも繊細で切ない表情ができるはずもない。

それだけで、ルシアさまが殿下に向けるお気持ちを察するには充分だった。

「ふ、ふ……」

ほっと安堵の溜息をつく。

大丈夫だ。ルシアさまはおそらく、ちゃんと殿下のことが好きだ。好きな人に信じてもらえないことが悲しくて、つらくて、ご自分のお気持ちが見えなくなっているだけなのだろう。

だが、このままではいけないことに変わりはなかった。どうにかして、ルシアさまに殿下への恋心を再確認してもらい、殿下に想いを伝えてもらわなければならない。

ルシアさまと殿下に残された期限は、おそらく夜会が終わるまでのあとほんの数時間。のんびりしている暇はない。

……そういえば、作中のエレノア・ロイルは殿下に付きまとって、ふたりの仲を引き裂こうとしていたのだっけ。

今の私は当然そのような振る舞いはしていないが、ここはひとつ、茶番を演じてみようか。

本来ならば避けたい手段ではあったが、もうぐずぐずしていられない。悪役令嬢ならば悪役令嬢らしく振る舞うことにしよう。

瞼（まぶた）を閉じ、いちどだけ深呼吸をする。気持ちを切り替えなければ。

……悪役令嬢らしいところ、見せて差し上げるわ。

ゆっくりと睫毛（まつげ）を上げ、ルシアさまの瞳を射抜く。そのまま、唇を歪めて意地の悪い笑みを浮かべた。相当悪役らしい笑い方ができているのだろう、たったそれだけで、ルシアさまはひどく驚いたように目を見開いた。

にいっと笑みを浮かべたまま、相手の神経を逆撫でするような、甘い声を出す。

「へえ、そうなの……。じゃあ、殿下のこと、私がいただいてしまってもいいかしら？」

状況を掴めないのか、ルシアさまの深緑の瞳が小刻みに揺れている。

私はずい、と彼女に詰め寄って、意味ありげな笑みを深めた。

「本当は私、ずっと殿下のお隣を狙っていたのですわよ？　あなたが殿下をお慕いしているようでしたから身を引いておりましたけれど……お好きじゃないと言うのならば、私が頂戴してしまっても、問題ありませんわね？　幸い私もあなたと同じ公爵令嬢。身分の心配もありませんもの」

「……エレ、ノア？」

震える声で私の名を呼ぶルシアさまを、嫌味たっぷりに一瞥して、くるりと背を向ける。

「ふふ、さっそく、王太子殿下のもとへ伺うことにいたしますわ。殿下がおひとりで寂しい思いをなさっていたらおかわいそうですもの」

「……っ」

ルシアさまの声にならない声を感じる。それに気づかない振りをして、私は彼女に背を向けたまま歩き出した。

「それではご機嫌よう、ルシアさま。ハルスウェルの祝福がありますように」

ルシアさまの表情はわからなかったけれど、彼女が衝撃を受けていることはひしひしと伝わってくる。だが、そこで打ちひしがれるだけでは困るのだ。

……ルシアさま、信じているわ。

私のこの言動で、ルシアさまが嫉妬して、ご自分の気持ちに気づいてくださったら。

不安要素ばかりが残る賭けだったが、残された時間がすくない以上、勝負に出るほかなかった。

これで王太子殿下のお気に障り、ルシアさまがご自分のお気持ちに気づかないままだったら、私は追放され、ふたりが迎えるのは最悪のバッドエンドだ。

自然と、手のひらに汗がにじむ。百歩譲って私が追放されるのはいいとしても、ルシアさまがお城の奥深くで監禁される未来は見たくない。

……追いかけてきてくださいませね、ルシアさま。

向かう先はもちろん、ルシアさまを捜してさまよっているであろう王太子殿下のもとだ。広間を囲うように作られた、ひとけのないこの廊下のどこかにはいるはずだ。

先ほどまでの意地の悪い笑みとは裏腹に、唇を噛みしめるようにして、この滑稽な茶番がうまくいくように祈る。

ふたりをハッピーエンドに導くためにはもう一芝居打たなければ。自身を奮い立たせ、自らの靴音だけが響く廊下を黙々と歩き続けた。

◇

目当ての人物を見つけるまでに、そう時間はかからなかった。

ルシアさまと話した廊下の曲がり角を抜け、しばらく進んだところで、王城の庭が臨めるバルコニーに佇む王太子殿下の姿を認めた。

月影の中、軽く伏せられた殿下の新緑の瞳は仄暗い。眩いばかりの月の光を浴びているとは思えないほど、陰鬱な表情をしていた。

「っ……」

思わず、息を呑む。殿下が深い翳りを見せていたからではない。彼の手に、何かが握られているのを見てしまったからだ。

……あれは「エルの恋花」！

王太子殿下の手には、見事な「エルの恋花」が一輪握られていた。

……まずい、まずいわ！　このままではバッドエンド一直線よ！

あの「エルの恋花」が万が一ルシアさまに手渡されるようなことがあれば、ふたりの恋路はバッドエンドへと舵を切ってしまう。そうなればきっと、私にはどうすることもできない。

……止めなくちゃ。絶対に、ハッピーエンドに導くのよ！

そもそも作中のあのバッドエンド自体、殿下もルシアさまもお互いに想いあっているにもかかわらず、ちょっとしたすれ違いから取り返しのつかないことになってしまった、悲劇としか言いようのない結末なのだ。寄り添って笑いあって生きていける道もあるのに、それをみすみす逃すことは絶対にしたくない。

いちどだけ深呼吸をして、心を落ち着かせる。私が、ここからうまく演じなければ。

……できるわ、大丈夫。

自身を奮い立たせるように言い聞かせ、こつり、とわざと靴音を響かせた。殿下の暗い瞳が、ゆったりとこちらに向けられる。それを認めてから、まっすぐに殿下のそばへ歩み寄った。

「……エレノア嬢」

儀礼的な笑みを浮かべているが、どこか余裕がなさそうだ。ルシアさまに逃げられたことが相当こたえているらしい。

「王太子殿下、ご機嫌麗しゅう存じます。すてきな夜ですね」

にっこりと、甘ったるい笑みを浮かべてゆっくりと距離を詰める。

殿下はどこか自嘲気味に唇を歪めて、私から視線を逸らした。

「僕にとってはそうでもないな。ルシアを怒らせてしまった。きっと彼女は前から不満を抱えていたんだろう。無理もない」

「ふふ、喧嘩でもなさったのですか？」

何も知らないふうを装って、何気なく殿下のお隣を陣取る。婚約者でもない男女の距離にしては近すぎるため、殿下はわずかに眉を顰めたが、すぐに愛想笑いのような笑みを浮かべた。友人の義妹だから無下に扱わないことにしたのかもしれない。

「君には想像もできないことだろうな。……彼女は、君にはずいぶん心を許しているようだから」

その言葉にすら、嫉妬が窺える。殿下がルシアさまに向ける執着の深さを前にして、ヤンデレを求める私の心が密かに満たされ「尊い！」と叫びたくなるが、ここはぐっと我慢だ。

「……どうしてそう思われますの？ ルシアさまは、私の前でも滅多にお話しになりませんのに」

「見ていればわかる。君といるときのルシアはとても楽しそうだ。……僕の前では絶対にあんな表情で笑わない」

声に、すっと翳りが差した気がした。やはり、相当思い詰めているようだ。

私からしてみれば、ルシアさまは殿下の前でも充分に楽しそうにしている。殿下と私に対する彼女の態度に違いがあるとすれば、それは想い人を前にした気恥ずかしさがあるかどうかという程度だ。

ルシアさまは無口な上に初心だから、殿下の前では表情も多少硬くなってしまうのかもしれない。逆を言えば、それくらい殿下のことが好きな証だと思うのだが、このふたりはどうもすれ違ってばかりだ。

そのすれ違いが殿下の病みと執着を育てていると思えば、ヤンデレ至上主義な私としては大変おいしいわけだが、いざこうして目の前でされると、どうにももどかしくて仕方がない。

「……どうすれば、ルシアにこの想いが伝わるのだろうな」

悩ましげな殿下の声に、意味ありげに笑みを深める。一応、釘を刺しておこう。

「……すくなくとも、強硬手段を取ったところで、殿下がルシアさまのお口から聞きたい言葉は聞けずじまいかと」

そのくらい、聡明な殿下ならばおわかりでしょう？　と言わんばかりの笑みで殿下を見つめれば、彼はどこか驚いたように新緑の瞳を見開いた。

ルシアさまと似た色だけれども、殿下の瞳のほうが激しさだとか熱を内包した、生々しい目である気がした。

「……エレノア嬢、君はまだ社交界に出たばかりだからわからないかもしれないが……その勘の鋭さは、いつか君を滅ぼすかもしれないぞ」

どこか呆れたような、それでいて私を警戒するような笑い声だ。こちらも意味ありげな笑みを崩すことなく受け答える。

「ふふ、ご忠告痛み入ります、殿下。ですが、私には、自分の身の安全を懸けてでも見たい景色がありますので」

もったいぶった言い方をしたが、要は幼馴染が幸せそうに笑う姿と、コントロールされたハッピーヤンデレカップルが見たいだけだ。

殿下はしばらく私を見つめた後、再び作り笑いのような微笑を浮かべて私に向き直った。

「……いつまでもルークから離れているのはよくないな。君を捜してさまよっているかもしれない」

要は遠回しに立ち去れと言っているのだろう。お義兄さまが私を捜して回るなんてことはまずないだけに、いくらなんでも苦しい建前だ。

殿下からしてみれば、私とふたりきりで過ごしているところを誰かに——もっと言えばルシアさまに見られたくないのかもしれないが、それ以上にきっと、私の言動を不気味に思ったのだろう。

殿下がそうお思いになるのはもっともだが、今は引くわけにいかないのだ。王族の意思に逆らうようで恐ろしいが、私は空気の読めない令嬢を装ってにこにこと微笑み続けた。

「どうかもうすこし、ここにいさせてくださいませ。もうすこしで……きっと、面白いものが見られると思いますから」

「面白いもの？」

「ええ、もしかすると、殿下の望んでいらっしゃるものかもしれませんわ」

そうしている間に、ぱたぱたと、やけに焦ったような靴音がどこからか響き渡ってきた。ルシアさまだろうかと思ったが、どうやら足音はひとりぶんではないらしい。

ちらり、と足音のするほうを見やれば、廊下の角から品のよい新緑のドレスが覗いた気がした。

他にも誰かいるようだが、ルシアさまがこちらに向かっておられることに間違いはないようだ。

それを悟り、私はなんの前触れもなく、殿下の腕に自らの体を纏わりつかせた。

その拍子に、殿下が手にしていた「エルの恋花」が床に落ちていく。

「っ……エレノア嬢？」

驚いたような殿下ににいっと笑いかけながら、ちらりと横目で近づいてくる人影を確認する。

バルコニーから吹き抜けた春の風に、ぱっと白金の髪が舞った。やはり、ルシアさまで間違いない。

意を決して、もう一芝居打つときが来たようだ。胸を押しつけるように殿下の腕にいっそう体を纏わりつかせ、甘ったるい声で作中の「エレノア・ロイル」の台詞を囁いた。

「『ねえ、殿下？　同じ公爵令嬢なら、ルシアさまではなく私でもいいのではなくって？　何も喋らない無口なお人形さんより、私のほうがずうっと殿下にふさわしいと思いませんこと？』」

「何を――」

怒りをにじませた殿下の声は、すぐに途切れてしまう。

それもそのはず。殿下はたった今、ルシアさまの姿を視界に収めたようで、絶句するように息を呑んだのだから。

舞台は整った。私は殿下に体を纏わりつかせたまま、意地の悪い笑みを浮かべてゆっくりとルシアさまのほうへ視線を流した。

そこには、緊張でこわばった表情のまま立ち尽くすルシアさまと――

「っ……」

――なぜか、お義兄さまもいらっしゃった。

お義兄さまは、ひどく不快なものを見たとでも言わんばかりにこちらを睨んでいた。身も竦むような鋭い視線に、本能的に身震いしそうになる。

それもそうだろう。義妹が王族にとんでもない無礼を働いている場面を見てしまったのだ。厳格なお義兄さまが、お怒りにならないはずがない。

……茶番がうまくいったとしても、帰ったら殴り殺されそうなお怒りようだわ。

身の毛がよだつのを感じながらも、私はなんとか意味ありげな笑みを保ち続けた。

そのままルシアさまを煽るように、そっと王太子殿下に顔を寄せる。

「あら？　ルシアさま、またお会いしましたわね。本当に、よい夜ですこと」

我ながら、よくここまで人の神経を逆なでするような甘ったるい声が出せるものだと思う。

これには流石(さすが)の殿下も苛立ちを隠すつもりがないようで、殺意にも似た怒気をにじませながら、射殺さんばかりの視線で私を睨みつけた。

「エレノア・ロイル、いい加減に――」

「――離れてくださいまし！」

突然響いたその美しい声が、ルシアさまのものであると理解するのに数秒かかった。

この場にいる全員の視線が、月影に照らされた「ハルスウェルの女神」に注がれる。

かかった、と私は笑みを深めた。いい展開だ。

「どうしてです？　ルシアさまは殿下のことなんて、どうでもいいのでしょう？」

自分でも驚くほど底意地の悪い声が出た。殿下の腕がわずかに震える。

第三者の言葉とはいえ、ルシアさまに関心を持たれていないかもしれないという恐怖が彼の身をすくませているのだろう。やはり、とんでもない想いの深さだ。

ルシアさまは、普段の彼女からは考えられないほど鋭い視線で私を見つめると、鈴の音のような可憐な声で、私の想像を上回る告白をした。

「……っ殿下は、わたくしの、です」

水を打ったような静寂の中、ルシアさまは、強い意思の宿った深緑の瞳で殿下を見つめていた。

「わたくしより殿下のことが好きな方なんて、どこにもおりませんもの！」

誰もがたっぷり数秒間、ルシアさまの瞳の美しさに見惚れていた。その言葉は本物なのだと信じざるを得ないくらい、凛とした、絶対的な決意が潤（うる）んだ瞳に宿っていたのだ。

「だから……エレノアには殿下は差し上げません。離れてくださいまし！」

ルシアさまははあ、はあ、と肩で息をしながら、私を睨んでいた。勢いに任せて言った部分が大きかったのか、熱に浮かされたように頬が赤い。

……私の想像の遥か上を行く告白だったわね。

作中のルシアは、ここまでのことは言っていなかった気がする。せいぜい、殿下に向かって「あなたをお慕いしております」程度の、何ともルシアらしい控えめな愛の告白だったと思うのだが、まさか、こんな熱が彼女の中に眠っていたなんて。

告白を受けた当の本人はというと、凍りついたように動かなくなってしまった。

十数年恋焦がれ続けた相手から、あまりにも鮮烈な告白を受けたのだ。無理もない。

私はとっくに腕を離しているのだが、殿下は動く気配を見せないので、それとなくルシアさまに目配せをした。視線だけで会話ができるのは、私とルシアさまの親密さの証だ。

ルシアさまは私の言わんとしていることを理解したのか、おずおずと殿下の前に歩み寄り、やがてそっと殿下を抱きしめた。思ったよりも積極的だ。

ルシアさまに抱きしめられて初めて、殿下は我に返ったようだ。

小刻みに震える手でルシアさまの髪を撫でながら、恐る恐るといった様子で口を開く。

「……ルシア、今、言ったことは……？」

ルシアさまは、二度は言わないとの意思表示をするように、ただ殿下の礼服をぎゅっと握りしめていた。かわいいにもほどがある仕草だ。

相当照れているようだが、思いきった告白のおかげで積極的になれているらしい。見ているこちらが恥ずかしくなるほどの甘さが漂っていた。

「……ルシアは、僕を好いてくれているのか？」

ルシアさまはしばしの沈黙の後にこくりと頷いた。やっぱり言葉はないけれど、あんな熱烈な言葉の後では、流石(さすが)の殿下にも伝わったらしい。

殿下は思いきりルシアさまを抱きしめると、彼女の肩口に顔を埋めるようにして囁(ささや)いた。

「……嬉しいよ、ルシア。こんなに満ち足りた気持ちは生まれて初めてだ」

そのまま顔を上げたかと思えば、殿下はルシアさまと額を合わせて、甘くとろけるような笑みを見せる。

ルシアさまの頬が、一瞬で真っ赤に染まるには充分な糖度だった。何なら、傍から見ているだけの私まで頬が熱くなってしまう。

「僕も……僕も君を愛しているよ、ルシア。どこにも行かないで、ずっと隣にいてくれ」

熱のこもった言葉とともに、ふたりの距離が縮まる。このままくちづけてもおかしくない状況だったが、ルシアさまが必死に抵抗したので未遂に終わった。

「……ここではだめ、です」

消え入りそうなルシアさまの声は余計に煽っているようにも思えるが、殿下はぎりぎり我慢することにしたようだ。その理性に心の中で拍手喝采を送ってしまう。

……それにしても尊いものを見たわ。

にやけそうになる口もとを必死に抑えつつ、そっとドレスを摘まんで礼をする。

「……それでは邪魔者は退散いたしますわね。大変失礼をいたしました。ご機嫌よう、ルシアさま、王太子殿下――」

「――エレノア」

形式的な挨拶をして、ふたりきりにして差し上げようと思ったのだが、ルシアさまが私を呼びとめる。ルシアさまの表情は、怒っているというよりも、拗ねているというほうがふさわしいものだった。

彼女は殿下から離れたかと思うと、私の前に歩み寄り、つんと唇を尖らせる。

私がやればあざといだけの仕草も、ルシアさまがするとかわいい以外の何物でもない。思わず感心していると、彼女は語気を強めるようにして口を開いた。

「……エレノア、わざとでしょう」

これには思わず笑みが引き攣る。

流石（さすが）は「ハルスウェルの女神」。聡明だと謳（うた）われるだけのことはある。私の演じた滑稽（こっけい）な茶番の意図なんて、とっくに見抜いていたのかもしれない。

「なんのことでしょう……？」

とぼけるように小首を傾げれば、珍しくルシアさまが溜息をついた。

「もう、こんなことしないで。エレノアでも……殿下とは仲良くしてほしくないの」

かわいらしい独占欲を前に、にやけそうになる口もとを抑えきれない。尊い。かわいい。ルシアさまも結構殿下のことが好きじゃないか。

とりあえずここは謝罪をしようかと思った矢先、ルシアさまはそのままふい、と私から視線を逸らして、再び口を開いた。

「……でも、ありがとう」

消え入りそうな声でそれだけ呟くと、私の表情を窺（うかが）うようにちらりとこちらを一瞥した。

……かわいいにもほどがあるわよ、ルシアさま。

こんな表情でお礼を言われて、にやけないほうがおかしい。だらしなく口もとを緩ませて、えへへ、と間の抜けた笑い声を上げてしまう。

「……へえ、わざと、か。なかなか策士みたいだな、エレノア嬢。あれが本気だったら危うく王国から追放するところだったぞ」

王太子殿下は穏やかに微笑んでいたが、ぞわりと背筋に寒気が走った。やはり危ない橋を渡っていたのだと思い知る。これにはすぐに腰を折って謝罪をした。

私はまだ、あと四組のヤンデレカップルの成立を見届けなければならないのだ。王国から追放されるわけにはいかない。

「……申し訳ございません、殿下」

それらしく反省しているような声を出せば、殿下がふっと笑うような気配があった。

「謝る必要はない。……流石はルークの義妹だな」

朗らかに笑う殿下の声からして、本当に怒っていないようだった。――というより、ルシアさまの熱烈な想いを知った今、私の処遇なんてどうでもいいのだろう。

ひとまずほっと胸を撫で下ろしながら顔を上げれば、ルシアさまが再び拗ねたような表情で私を見ていた。

まだ何かあるのか、とルシアさまの真意を探るように見つめていると、彼女は不貞腐れたようにぽつりと呟く。

「告白」

「え？」

「……約束したはずです」

それだけ言って、ルシアさまは半ば責めるように私を見つめてきた。

そういえば、架空の迷信を作り上げた際に、私も誰かに告白すると約束したのだっけ。

これには再び血の気が引いた。このところ、ルシアさまと殿下のことを考えるのに精いっぱいで、ルシアさまとの約束がすっかり頭から抜け落ちていた。

じとっとした目で私を見つめるルシアさまを前に、ますます笑みが引き攣っていく。

私だって、できることならば親友との約束は破りたくないが、これぱかりは――と、考えたところで、この場にはもうひとり役者がいることを思い出した。先ほどから、一歩引いたところで、呆れたように私たちを見守っているお義兄さまだ。

先ほど殿下に体を纏わりつかせていたこともあり、これ以上粗相をしたらいよいよ殺されそうな気もするが、半ば自棄になって私はお義兄さまの腕にしがみついた。

お義兄さまが、驚いたように肩を揺らす。ものすごく嫌がられることは間違いないが、そのままぎゅっとお義兄さまの腕を抱きしめた。

「ふふ、ルシアさま、私が好きなのは……お義兄さまですわ！」

ひどく驚いた様子で私とお義兄さまを見つめるルシアさまから、お義兄さまに視線を移す。

「お義兄さま、エレノアは本当にお義兄さまのことが大好きですのよ！」

紺碧の瞳を見上げるようにして告白すれば、その瞳に宿った神秘的な光がわずかに揺らめいていた。

お義兄さまとこんなふうにちゃんと目が合うことは珍しい。それだけお義兄さまは、私の突拍子もない行動に驚いているのだろう。

この告白だって、嘘は言っていない。攻略対象であるからとかそういう事情を抜きにしても、私はお義兄さまが好きだった。今までも、ずっと。

なんだかんだ言って、十八歳になる現在まで、いちばん私のそばにいてくれたのはお義兄さまなのだ。嫌いになるほうが難しい。

「……ずるい」

ルシアさまはやっぱり不貞腐(ふてくさ)れたように私を見ていた。私としてもこの逃げ方はずるいと思うが、告白は告白だ。ルシアさまと殿下のバッドエンドを回避した功績に免じて許してほしい。

「ふふふ、でも、これで約束は果たせましたわね？　では、邪魔者は退散いたしますわ。今度こそご機嫌よう、ルシアさま、王太子殿下」

手短に別れの挨拶を済ませ、くるりと踵(きびす)を返す。ふたりに背を向ける寸前、忘れ去られたように「エルの恋花」がふたりの足もとに落ちているのを見て、安堵に頬を緩ませた。

きっともう、あの花が殿下からルシアさまに贈られることはない。

安心感に浸るようにゆっくりと瞬きをしてから、お義兄さまの腕に自らの手を乗せた。そのまま、甘えるように身を寄せて彼の顔を見上げる。

「参りましょう、お義兄さま。私、すこし風に当たりたいですわ！」

わがままなエレノア・ロイルらしく振る舞えば、お義兄さまも手短にふたりに挨拶をして、渋々私をエスコートするように歩き出した。

私に言いたいことがたくさんありそうな顔をしているが、お叱りはふたりのいないところで受ければいい。

そのままお義兄さまとともにしばらく廊下を進んでいたところ、いつしか夜の中庭へ抜けた。当然ながらほとんどの参加者は広間にいるわけなので、中庭に人影はない。

庭の中心に設置された噴水の水音だけが響き渡る、静かな風景だった。

春の夜風がとても心地よい。思わずお義兄さまの手を離れて、噴水のほうへと駆け出せば、どうにも開放的な気分に満たされる。

……ああ、ルシアさまと王太子殿下のバッドエンドを回避できて本当によかった！

あの甘ったるい様子では、まず監禁なんて背徳的な状況に陥ることはないだろう。

「……これだけでも、私がこの世界に生まれた意味はあったわね」

瞼（まぶた）を閉じて夜風を受けながら呟けば、ふと、背後にお義兄さまが迫っていることに気がついた。

「……今後はこんなふうに煩（わずら）わせるな。思ってもいないことを人前で言うのもやめろ」

やっぱりお義兄さまは手厳しい。いつも通りに謝罪をして、お義兄さまと距離を取ればこの場を切り抜けられるだろうか。

……いいえ、それでは今までと変わらないわ。

このままお義兄さまから逃げ続けても、寂しいだけ。どうせ嫌われているのならば、傷つく覚悟で向きあったほうがいい。

意を決して、お義兄さまにまっすぐ向き直る。星空を切り取ったような紺碧の瞳と目が合うのは、やっぱり緊張した。

「勝手に離れてしまったのはごめんなさい。でも、お義兄さま、私、お義兄さまに対して嘘はひとつも言っておりませんわ。お義兄さまと……もっと、仲良くなりたいです」

お義兄さまが、わがままな私を大嫌いなままだったとしても。

お義兄さまは私との距離を詰めると、いつもにもまして冷えきった瞳で私を見下ろした。そのまま顎を強引に掴まれ、上向かされる。

「……っ」

思わず、息を呑む。月の光が、怖いくらいに整った彼の顔に、深い翳りを落としていた。

「そうか。俺は――お前が笑うと虫唾が走るよ」

乱雑に手を離され、軽くよろめいてしまう。お義兄さまは私には目もくれずに、先に中庭を歩いていってしまった。

……そう簡単にはいかないわよね。

でも、ここでくじけてはいけない。お義兄さまからは決して歩み寄ることはないのだから、私が諦めたら私たち義兄妹の関係は今のままだ。

「もう、お義兄さま！　待ってください！」

鈍感なふりをして、彼の後ろ姿を追いかける。

彼が、いつか立ち止まって私を待ってくれる日が来ることを願いながら。

第二章　魔術師は人工天使を縫いとめたい

雑多な種類の花や薬草が生い茂る硝子(がらす)張りの温室の中、柔らかな陽光の中を駆け回る彼女の姿を、気づけば今日も目で追っている。

「ルーファスさま、ルーファスさま！　このお花は、何というのですか？」

亜麻色の髪に亜麻色の瞳を持った可憐な少女は、その小さな体に不釣り合いなほど立派な純白の翼を畳んで、ある花の前にしゃがみ込んだ。惜しみなく笑顔を振りまく純粋無垢な彼女は、まさに「天使」と呼ぶにふさわしい姿をしている。

「……それは、カトレアだよ」

白と紫のカトレアを前に、彼女は興味津々といった様子だった。ふわり、と甘い香りが漂う。

「綺麗なお花です！　七番(ななばん)はこのお花が好きになりました！」

自分のことを腕に赤く刻印された番号で形容する彼女は、この世の穢(けが)れなど何ひとつ知らない亜麻色の瞳でこちらを見上げてきた。

その無邪気な笑みに応えるように頬を緩めるが、胸の奥が抉(えぐ)られるように痛んだ。これもいつものことだ。

七番。あくまでも実験体を識別するためだけに付けられた、無機質で冷たい記号。ここには、彼女のような憐れな実験体が何体もいた。

公には隠された「魔術」という超常的な力を使って、王国の利となる研究をするのが、僕ら魔術師の役割だ。彼女たちは、その大義のための必要な犠牲のひとつだった。

七番――目の前の少女は、六人の少年少女の犠牲の末に生まれたつくりものの天使だ。

人工天使を生み出す計画は、王家の臣下たちの意見で始動した。天使を崇拝するこの国の宗教観を利用して、天使を王家のものと公表することで、王家の威信を高めようとしたのだ。その結果「七番」という成功体が生まれたはいいものの、結局、神殿からの反対意見を押しきれず、その計画は公になることなく破綻した。

つまり彼女は、最早必要とされていない実験体なのだ。それどころか、神殿や王家からすれば今や目障りな存在だと言ってもいい。

多分、近いうちに僕は、彼女を殺すように命令されるのだろう。それをよくわかっていながらも、花々の中で無邪気に笑う彼女の輝きから目が離せなかった。

「……じゃあ、今日から君は、カトレアと名乗るといいよ」

「七番が、ですか？　この綺麗なお花の名前をもらっていいのですか？」

「うん。いいよ。君にぴったりだ」

七番――カトレアは、亜麻色の瞳を目いっぱい輝かせて僕のもとへ駆け寄ってきた。翼のせいで同年代の少女たちよりもずっと小柄なカトレアをそっと抱き寄せる。

「嬉しいです！　ルーファスさま！　もっと呼んでください！」

「……うん、カトレア」

「はい！　ルーファスさま！」

親愛を示すように首もとにぎゅっと抱きついてくる彼女の温もりが、愛おしくなってしまったのはいつからだろう。名前まで付けて、僕はいったい彼女をどうするつもりなんだ。

僕は王家に従う魔術師で、君は存在してはいけない天使なのに。

いずれ僕はこの手で、君を殺さなければならないのに。

「ルーファスさま、温かいです！　カトレアは、ルーファスさまが大好きです！」

頬をすり寄せるようにして、無条件に僕に信頼を寄せる彼女の純真さが、いっそ憎らしくもあった。彼女にこんな運命を背負わせたのは僕たちなのに、どうして、そんなふうに何もかもを慈しむように笑うんだ。

この温もりを、僕は自ら手放せるだろうか。怖い、怖くて仕方がない。

「……ルーファスさま？　どこか痛いですか？」

思い詰めたような僕の表情を不思議に思ったのだろう。カトレアはじっとこちらを覗き込んできた。愛らしい亜麻色の瞳が間近に迫り、どうしようもなく泣きたいような気持ちになってしまう。

「いや、なんでもない。……なんでも、ないよ」

カトレアの薄い体を抱きしめて、いつか彼女を手にかける日を想像しては塞ぎ込む。その繰り返しの毎日だ。

……ああ、でもそうすることで、この天使がどこにも行かないというならば、悪くもない結末なんだろうか。

　こじつけのような仄暗い考えに救いを見出そうとする自分が、滑稽でならなかった。思わず自嘲気味な笑みがこぼれる。

　閉じられた温室の中、カトレアの拍動に縋りつきながら、今日も僕は未来のない一日をどうにかやり過ごすのだ。

「お義兄さま！　聞きましたわ、ロイル公爵領へ行かれるのでしょう？　私も一緒に行きたいです！」

　建国祭から一週間、私はお義兄さまの執務室に押しかけて、悪役令嬢らしいわがままを発揮していた。お義兄さまは、書類から目を離すこともなく、小さな溜息をつく。

「だめだ。ロイル公爵はお前を呼んでいない」

　取り付く島もない返事に、私よりも背後で控えているレインのほうがびくりと怯えていた。この様子を見るに、お義兄さまとレインの恋はやはりまだ始まっていないのだろうと思う。

「お父さまが私をお呼びになることなんて一生ありませんわ。ですから、会いたいときはこちらから会いに行きませんと」

　めげずに食い下がるも、お義兄さまはさらさらと書類にペンを走らせる手を止めない。

「今回は魔術研究院の視察もある。仕事の邪魔だ」

「魔術研究院に行きたいから、頼んでいるのです！」

この王国には、すくないながらも魔術を使える者が存在する。魔術師と呼ばれる者たちだ。

魔術という力自体、王家とごく一部の家門――魔術師を輩出したことのある高位貴族の家だ――にしか知らされていない特別なもので、我がロイル公爵家は代々魔術師の監視の役目を担ってきた。

監視というと仰々しいが、要は魔術師たちの研究内容の視察だ。

魔術師たちは、この国の利となるような発明をするために日々研究している。高額で取引される薬や果物などは、魔術師たちの発明品であることが多い。

研究を視察する傍ら、魔術師たちが王家に反旗を翻す気配がないか見張るのが、監視役の主な役目だ。我がロイル公爵家もかつて魔術師を輩出したことがあるらしく、研究院にも王家にも関係が深い家門ということで、こうして代々監視役を担っているらしい。

「ね？　お義兄さま、お願いです！」

執務机をぐるりと回り込んで、お義兄さまの席のすぐそばまで迫った。私がここまでして頼み込んでいるのは、何も「魔術」が見てみたいという理由からではない。

何を隠そう、あの魔術研究院には――

……「魔術師×実験体の少女」の純愛ヤンデレカップルがいるのだもの！

思い出すだけで、にやけてしまいそうになる。あれは大変すばらしい純愛ヤンデレだった。彼らがこの世に実在すると考えただけで、感動のあまり立っていられなくなりそうだ。

「魔術研究院にお前の喜ぶものなんて何もない。仕立て屋でも宝石商でも呼んで、王都でおとなしく過ごしていろ」

苛立ちをにじませながらも仕事の手を止めないお義兄さまに、にこりと微笑みかける。

「――天使がおりますでしょう？」

今の今まで私の話を片手間に聞いていたお義兄さまの手が、ぴたりと止まった。そのまま、警戒心をあらわにした目で睨みつけられる。

「……誰から聞いた？」

「執念で調べ上げただけですわ。どうしても、天使を見てみたくて」

がたり、と音を立てて立ち上がったお義兄さまは私の顔をまじまじと見た。すらりと背が高いせいで、目の前に迫るとかなりの圧迫感がある。

「……そういえば、幼いお前はよく天使に祈っていたな。何も叶えてはくれなかった天使に、そんなに会ってみたいのか？」

お義兄さまは薄く笑って、私の顔を観察していた。

意外だ。お義兄さまが、そんなに昔の私のことも覚えていてくれたなんて。

――天使さま。エルの「ひとりぼっち」がおわりますように。

お母さまもお父さまもそばにいない私は、毎日のようにそう願っていた気がする。自分で言うのもなんだが、ずっと寂しい子だった。

お義兄さまは、その願いも知っているのだろうか。わからないけれど、どこか意地悪く笑う彼をじっと見上げた。

「私にはお義兄さまがおりますもの。とっくに『ひとりぼっち』ではありませんわ」

自然と頬を緩めれば、彼はわずかに眉を顰め、興味をなくしたように顔を背けてしまった。以前言われた言葉通り、彼は私の笑った顔が嫌いなようだ。

「……言っておくが、天使はつくりものだぞ。それでも見たいのか」

「ええ！　見てみたいですわ！」

お義兄さまは何度目かわからない溜息をつくと、再びペンを手にした。

「……荷物は最小限にしろ。出発は三日後だ」

……やった！　ついていっていいのね！

思わずぱあっと顔を輝かせ、椅子に座るお義兄さまに抱きつく。ふわり、と柔らかないい香りがした。

「ありがとう！　お義兄さま！　私、いい子にしていますね」

ぎゅう、と抱きしめた腕に力を込めれば、彼は迷惑そうにますます眉間に皺を寄せた。

「……離せ」

お義兄さまに言われるがまま渋々手を離す。ご機嫌を損ねて視察の同行を取り消されてしまっては大変だ。

「では、お義兄さま、私さっそく支度をして参ります！　行くわよ、レイン！」

部屋の隅で控えていたレインに声をかけて、お義兄さまの執務室を後にする。新たなヤンデレカップルを拝めるというだけあって、自然と足取りは来たときよりもずっと軽くなっていた。

「さあ……かかってきなさい。ヤンデレ魔術師さんと天使ちゃん！」

この悪役令嬢エレノア・ロイルが、あなたたちをハッピーエンドに導いて差し上げるわ!!

◇

「魔術師×実験体の少女」こと魔術師ルーファスと人工天使カトレアの物語は、ルーファスの生い立ちを語るところから始まる。

ルーファスは、ミトラ侯爵家の次男としてあふれんばかりの祝福の中で生まれた。立派な両親に、弟の誕生を待ち望んでいた兄。優しい使用人たち。彼を苛むものなど、彼の周りには何ひとつなかった。

だが、そんな幸福な人生も彼が四歳の誕生日を迎えたときに終わりを迎える。みんなが寝静まったころ、突然に、彼の中に眠っていた魔力が暴走し、侯爵邸を青い炎で焼き尽くしてしまったのだ。

ルーファス本人は母親に抱きかかえられて屋敷から脱出し、なんとか難を逃れたが、父親と兄、使用人たち、そしてルーファスを助け出した母親もまた帰らぬ人となってしまった。ルーファスは幸せな日常から一転、天涯孤独の身の上になってしまったのだ。

親戚も奇妙な力を持つルーファスを気味悪がり、彼は転がり込むようにして魔術研究院に身を寄せた。

魔術の素養がある貴重な存在であるルーファスを、院長を始め魔術師たちは歓迎したが、彼の心の傷が癒えることはなかった。

そんなある日、彼はひとりの実験体の少女と出会う。兄弟子である魔術師が残した「天使」を生み出す実験を引き継ぐかたちで。

六人の少年少女の犠牲の末に生まれた、七番目のその実験体の少女は、偶然にも王国の伝承に残る天使と同じ、亜麻色の髪と亜麻色の瞳を持つ可憐な少女だった。小柄な体に見合わぬ純白の翼を携えたその少女に、ルーファスは、家族を失って以来初めての光を見ることとなる。

七番は、赤子のころに魔術研究院に買われた実験体だった。外の世界のことを何も知らないためか、己の身に施される数々の実験の残酷さも理解せず、無条件に魔術師たちを慕う、純粋無垢な少女だった。

ルーファスにとって、その純粋さはあまりにも眩しかった。本来であれば、目を背けたくなるほどに。

だが、無条件に魔術師を慕う純真な七番の姿に、ルーファスも次第に心を許すようになる。七番は、ルーファスが十数年ぶりに触れた温もりそのものだった。そしていつしか七番と過ごす時間だけが、ルーファスにとっての癒しであり、日々を生きる意味になっていったのだ。

だが、つくりものの「天使」の存在に対して、神殿が否定的な態度を取ったことで状況は一変する。

王家の威信を高める道具となるかと思われた七番だったが、神殿の教えと信仰に反する存在であるとの烙印を押され、神殿との関係を尊重した王家からも、七番を早々に処分するようにとの命令が下る。

　七番の処分を任されたのは、彼女の実験の責任者であるルーファスだった。この世で唯一大切な存在だと言ってもいい七番を殺す使命を負ってしまったルーファスは、葛藤と絶望の中で、次第に心を病んでいく。

　そんなルーファスを見て、七番もまた、自分が生きていてはいけない存在なのだと悟ってしまうのだ。

　ハッピーエンドとバッドエンドの分岐点はここからだ。

　七番が、ルーファスに対し「一緒に生きていきたい」と生まれて初めての願いを口にすることができれば、ルーファスは彼女を連れて、魔術研究院から逃げ出す道を選ぶ。国や神殿からは追われる身となるが、王国の外れの深い森の中で、ふたりで穏やかな一生を終えるハッピーエンドだ。

　しかし、七番が願いを口にすることなく、自分は死ななければならないという定めと真正面から向きあってしまうと、ふたりを待ち受けるのは凄惨なバッドエンドだ。

　己の定めを受け入れようとする七番に、ある日、ルーファスは一輪の「エルの恋花」を手渡す。

「君が何よりも愛おしい」という、告白めいた言葉とともに。

　この時点で、ルーファスが七番を殺す決意をしていたかどうかは怪しい。だが「エルの恋花」を受け取った七番は、自らの身の上を初めて呪い「この翼さえなければルーファスさまと一緒に生きられたのに」という悲観から、ある夜に短剣で自らの翼を削ぎ落としてしまうのだ。

ろくな処置もせず翼を削ぎ落とせば、当然大量の血を失う。七番は結果的に、出血が原因で命を落としてしまうのだ。

ルーファスが七番を見つけるのは、皮肉にも、彼女が血の海の中で息を引き取ったほんのわずか後のこと。まだ温かい七番の体を抱きしめながら彼女の死を実感し、それをきっかけにルーファスの心は壊れてしまう。

ルーファスは、無理やり削ぎ落とされた翼を綺麗に修復し、彼女の遺体ごと標本にする。標本は硝子(がらす)張りの棺(ひつぎ)に納められ、胸には七番が好きだったカトレアを飾って、その日からルーファスは、標本に語りかける日々を始めるのだ。

その悲しい病みようと言ったらなかった。七番の標本に縋(すが)りつき、毎日カトレアを供え、笑いかけるルーファスの姿はあまりに痛々しくて、いくらヤンデレ至上主義な私でもこれには涙を流してしまったものだ。

ちなみにこのルートでも、エレノアはきちんと悪役だ。

七番の処分が決まった際に、エレノアは監視役のロイル公爵家の者として「そんな気持ち悪い化け物、さっさと殺してくださらない?」とルーファスを散々追い詰める。それはもう、聞くに堪えない残酷な言葉を捲し立てるのだ。

ハッピーエンドルートの際、エレノアは逃げ出すルーファスと七番の前に立ちはだかり、人を呼ぼうとするのだが、七番への散々な物言いが仇(あだ)となったのか、ルーファスになんの躊躇(ちゅうちょ)もなくあっさり殺されてしまう。

そして、人が死ぬ、という現象をよくわかっていない七番に、ルーファスは「何でもないからね」と優しい笑みを浮かべ、そのまま七番の手を引いて逃げ出すのだ。

正直、そのシーンは大変おいしかった。七番のためならばいかなる犠牲も厭わないという彼の態度は、ふたりで逃げ出した後、ルーファスはこの世のあらゆる醜い感情からも残酷な現実からも七番を隔離して、溺愛に溺愛を重ね大切にしていくのだろう、ということが窺えるものだったからだ。

正に、純愛の物語。思い出すだけでも、満ち足りた気持ちになってしまう。

「――さま、お嬢さま？」

鈴を転がすような可憐な声に話しかけられ、はっと我に返る。

新たなヤンデレカップルについて考えを巡らせていたせいで、ぼうっとしていたらしい。

ぬるい空気が巡る硝子張りの温室の中、レインが私の顔を覗き込むように様子を窺っていた。

「お嬢さま、いかがなさいましたか？」

おずおずと、けれど明らかに心配の色もまじえて、レインは問うてきた。彼女にわがままを言うのをやめ、毎日感謝の気持ちを伝えてからというもの、すこしずつ距離が縮まっているような気がする。

「あ……なんでもないの。あんまり綺麗で、ちょっと見惚れていただけ」

「魔術研究院の院長さまが、果物でおもてなししてくださるようです」

レインに教えられて、温室の中心にある小さな広間へ向かう。そこではすでに、お義兄さまと魔術研究院の院長が何やら話をし始めていた。

ここは、ロイル公爵領魔術研究院。王都から十日ほどかけて、私はお義兄さまとともに視察に訪れていた。魔術研究院は硝子張りの巨大な温室のような建物で、そこかしこに美しい花々が咲き乱れている。陽光をたっぷりと採り入れる硝子張りの天井のおかげで、とても開放感のある場所だった。

「お義兄さま、遅れてごめんなさい」

慌ててお義兄さまの隣に歩み寄れば、彼はいつも通り鋭いまなざしで一瞥した後、義務的に私を初老の男性に紹介した。

「院長、義妹のエレノアです」

「はじめまして、院長さま。ロイル公爵家のエレノアと申しますわ」

空色のワンピースを摘まんで礼をすれば、院長もまた胸に手を当てて頭を下げた。

「これはこれはエレノア嬢。王都からはるばるようこそお越しくださいました。こちらは魔術研究院で作っている葡萄です。お疲れでしょうから、どうぞ甘いものを食べてお寛ぎください」

目の前のテーブルには、深い紫色の大粒の葡萄が一房置かれていた。さっそく、一粒いただいてみる。

「っ……おいしい！」

あまりの甘さに、思わず目を丸くしてしまった。こんなに甘くて果汁が詰まった葡萄は食べたことがない。

「お気に召したようで何よりです。魔術で甘くしているのですよ。よければもっとお召し上がりください」

「ありがとう、院長さま。……私のメイドにもすこしわけてもいいでしょうか？」

「もちろんです」

その答えに、離れたところでこちらを見守っていたレインを手招きする。そうして葡萄を一粒ちぎって、彼女の手のひらの上に乗せた。

「とっても甘いわ。食べてみて」

「え……私が、いただいてもよろしいのですか？」

レインは驚いたように目を瞬かせながら、葡萄と私を見比べていた。こくりと頷いて、私ももう一粒口に運ぶ。

「……す、すごくおいしいです！」

葡萄を口にしたレインが、ぱあっと瞳を輝かせる。こんなに明るい表情のレインは初めて見た。どうやら甘いものが好きらしい。

「そうよね！　私もこんなにおいしい葡萄は初めて食べたわ……」

レインとともに葡萄の甘さに感動していると、院長はくすりと笑って温室を見渡した。

「このように、魔術研究院では、果物や日用品の質を向上させる研究から、未知の存在を生み出す研究まで、幅広く扱っております。現在のいちばん大きな研究は、そうですね……エレノア嬢もすでにご存知の、あの子にまつわる研究でしょうか」

院長は眩しげに目を細め、高い硝子張りの天井を見上げる。その視線を辿るように私も顔を上げれば、陽光を遮るようにのびやかに飛び回る影が見えた。

「っ……」

そのあまりに美しい光景に、言葉を失う。

花畑の上、虹色の陽光が降り注ぐ硝子張りの天井の付近には「天使」がいた。

長い亜麻色の髪に亜麻色の瞳を持つ可憐な少女が、その小柄な体には似合わぬほどの大きな翼で、自由自在に温室の中を飛び回っている。少女の表情に苦悶や黒い感情はいっさいない。幸せと温もりの中だけで生きてきたかのようなその笑みは、まさに「天使」と呼ぶにふさわしかった。

少女はどうやらこちらの姿を認めたようで、光の中で亜麻色の瞳を見開くと、無邪気で愛らしい笑みを浮かべた。

まさに「天使」の笑みだ。この表情に心を動かされない人間がいるはずもない。

……あの子が、七番。

「狂愛の恋花」のヒロインのひとりだ。

「ロイル公爵家のご令嬢は、うちの天使にご興味があるそうですね」

ゆったりとした口調で語りかけてきたのは、どこからともなく現れた深緑の髪の青年だ。長い髪をひとつの三つ編みにまとめて、右肩に流している。

……魔術師ルーファスだわ！

魔術研究院の魔術師の証である、深い緑色の外套を纏っている。柔らかな笑みを浮かべ、繊細な雰囲気を漂わせているが、どうにも近寄りがたい印象を与える人だった。攻略対象らしく綺麗な人であることに変わりはないが、ずっと見ていると非現実感さえも覚えるような、掴みどころのない青年だ。

「こんにちは、公爵家の綺麗なお嬢さま。僕は魔術師のルーファス。お会いできて光栄です」

差し出された青白い手に、そっと自らの手を重ねる。彼のふわふわとした独特の雰囲気のせいか、触れているのに現実味がない。

「ご機嫌よう、魔術師ルーファスさま。ロイル公爵家のエレノアです」

にこりと微笑めば、ルーファスさまは頭上で飛び回る天使を見上げて頬を緩めた。

「彼女も、あなたにお会いできるのを楽しみにしていたようです。よければ遊んでやってください」

「ええ、もちろんです」

どうやらお義兄さまは魔術研究院の魔術師たちとの話し合いがあるらしく、院長とともに温室の奥へ移動していった。レインも温室の隅で私を見守ることにしたようで、私は広間の中心でひとりぼっちだ。

どうしたものかとあたりを見渡していると、ふと、頭上から花びらがひらひらと舞い落ちてきた。

「こんにちは！　王都から来たお嬢さま！」

ふわり、と花の香りとともに、目の前に天使が舞い降りた。癖のない長い亜麻色の髪を靡(なび)かせて、小さな足を地面につける。まるで、陽光を輪郭に帯びたかのような、輝かしい少女だった。

「こんにちは、天使さん。このお花はあなたが？」

「はい！　歓迎の証、です！」

ぱっと花が咲くような天真爛漫な笑みに、思わずこちらの頬も緩む。歳のころは、私よりも二、三歳若いくらいだろうか。

「ありがとう。私はエレノアよ。あなたのことはなんと呼べばいいかしら？」

「カトレアとお呼びください。ルーファスさまがくださった、とりわけ美しい花の名です」

カトレアはにこにこと微笑んで、ずい、と私との距離を詰めた。花の香りがいっそう匂い立つ。

「エレノアさま、抱きしめてもいいですか？」

「え？　え、ええ……」

突然のことに狼狽えるよりも先に、彼女はぎゅう、と私を抱きしめてきた。誰かに抱きしめられたのは、いつぶりだろう。

「エレノアさま、とってもいい香り」

「そうかしら？　あなたもお花の香りがするわ」

こうしていると普通の少女のようなのに、彼女の背中には立派な翼がふたつ生えていた。その生え際に触れないように注意しながら、私もそっと彼女の小さな体を抱きしめ返す。

「そうでしょう！　私、お花を育てているのです。一緒に見に行きませんか」

カトレアに手を引かれ、花畑の中を歩き出す。どれもが淡く色づいた、絵画の中にある花のような美しさだった。

「このあたり一帯のお花のお世話を、あなたがしているの？　大変でしょう」

いくら翼があるとはいえ、毎日水やりをするにも苦労するような広さだ。

カトレアは、苦労など感じたことがないとでも言うようにからからと笑う。

「ルーファスさまも手伝ってくださいますし、それに……いらない天使のカトレアには、このくらいしかすることがありませんから」

……カトレアは、気づいているの？

溌剌(はつらつ)とした笑みを崩すことなく、彼女はなんてことないように告げた。どくり、と心臓が跳ねる。

ルーファスが、彼女の処分命令を受けていることを知っているのだろうか。

このふたりの物語にも、思ったよりも猶予がないのかもしれない。カトレアに「ルーファスさまとともに生きたい」と思ってもらわなければ、ふたりを待ち受けるのはバッドエンドだ。

歩き進めるうちに、純白の花々が密集する一画があることに気づいた。淡く発光するように煌(きら)めくあの花は、よりにもよって「エルの恋花」だ。例外なく、カトレアとルーファスのルートでもバッドエンドの鍵になってしまうアイテムである。

……しかも、この花々は何⁉

……とても放置できないわ！

冷や汗をかきながら、ぎこちなく笑みを浮かべる。一刻も早く、この大量の「エルの恋花」を処分しなければ。

「いらない、だなんてとんでもないわ。そうだ、お花屋さんでもしてみるのはどう？　手始めに私がここにある『エルの恋花』をすべて買い取るわ」

多少不自然に思われてもここは押しきるほかない。とてもこのまま見過ごせるようなものではないのだから。

「この花を……ですか？　わかりました。エレノアさまは、『エルの恋花』がお好きなのですね」

にこりと笑って、カトレアはどこか遠いところを見つめるような目をした。

「それにしても、お花屋さん、ですか……。いいなあ、ルーファスさまと一緒にできたら楽しそう」

「そうよね!?　ルーファスさまと話してみるのはどうかしら！」

カトレアが夢を持つことで「生きたい」と思ってくれるようになればこんなにいいことはない。

ルーファスだって、カトレアに言われたらきっと願いを叶えたいと思うだろう。

……この調子で励まし続ければ、自然とハッピーエンドになるのではないかしら！

思いがけない流れに、ひとりで頬を緩ませていると、カトレアはくすりと笑った。

「……エレノアさまは、不器用でいい人ですね」

無邪気な彼女がふいに見せた大人びた表情に目を奪われていると、温室の奥からお義兄さまと魔術研究院の面々が戻ってくるのが見えた。カトレアは、彼らの姿を見るなりふわりと飛び上がる。

「ルーファスさま！」

カトレアは大きな翼を広げて、ルーファスの胸へ飛び込んだ。彼もまた、慈（いつく）しむような笑みを浮かべてカトレアを抱きしめる。ルーファスの仕草ひとつひとつにカトレアへの愛があふれていて、誰が見ても幸せそうなふたりだった。

そんなふたりの姿を、見守る影がある。院長だ。

7

まるで眩しいものを見るかのように目を細めているが、その微笑みの中には憐れむような色が見える。ルーファスに下された天使の処分命令を、彼は当然知っているのだろう。

……院長としても、彼らを引き裂くことは不本意なのかしら。

「ルーファスさま、エレノアさまが『エルの恋花』をすべて買い取りたいそうです！」

ルーファスに抱きとめられながら、カトレアはさっそく私の申し出を報告していた。ルーファスは目を丸くして、私の目の前に歩み寄る。

「あの花をすべてですか……？　私の魔術で咲かせておりますので、少々値は張りますが……」

「ええ、構いませんわ。すべていただきたいの」

魔術研究院に一輪でも残していって、私の知らないところでバッドエンドに進まれても困る。自由に使えるお金を大幅に減らしてでも、不安の芽はすべて摘んでおかなければ。

「かしこまりました。では、今は花束ひとつぶんだけ摘み取って、残りはお屋敷にお送りいたします」

それだけ告げて、ルーファスとカトレアは仲睦まじく「エルの恋花」が咲き乱れる一画へ歩いていった。ふたりで花を摘むのだろう。遠目でもいいから、その幸せそうな姿を目に焼きつけたい。

にやつきをなんとか抑えながら背伸びをしてふたりを見守っていると、ふと、隣から冷ややかなまなざしを感じた。

「……そんなに買ってどうするつもりだ？」

恐る恐る見上げてみれば、いつも通り無表情に近いお義兄さまがいた。とんでもない無駄遣いをする厄介な義妹、と思われていることだろう。

「わ、私、『エルの恋花』が好きなのです。真っ白で、きらきら輝いていて……お部屋を埋め尽くすのが夢だったのですわ。それに珍しいお花ですから、お父さまにも差し上げようかと」

今夜は、数年ぶりにお父さまと食事をする。お義兄さまもまじえての、三人での晩餐だ。

お父さまとお義兄さまから向けられるであろう冷ややかな視線を思うと、今から胃が痛くなりそうだが、向きあおうと決めたのだ。お父さまにも、すこしでも心を開いていただきたい。

「お前は諦めが悪いな」

ぽつりとそれだけを呟くと、お義兄さまは温室の出口に向かって歩き始めてしまった。今日は挨拶程度の予定だったから、もう屋敷へ向かうつもりなのだろう。

「エレノアさま、どうぞ！」

視界の横から、翼をはためかせたカトレアが現れる。その腕には、「エルの恋花」の花束が抱えられていた。ふわり、と甘く優しい香りが漂う。

「ありがとう。カトレアが摘んでくれたの？」

「はい、とりわけ美しいものを選びました！」

亜麻色の髪を揺らして笑うカトレアの頭を、ルーファスが撫でる。カトレアはそれが嬉しかったのか、じゃれつくように彼の背中から腕を回して抱きついた。

「カトレアはお嬢さまのことが好きなようです。よろしければまた明日もお越しください」

ルーファスの誘いに、花束を抱きしめてこくりと頷く。

「私もカトレアが好きです。遊びに来ますわ」

「やったあ！　では、明日は薔薇の紅茶を用意してお待ちしますね！」

傾き始めた陽光に照らされたふたりの姿を目に焼きつける。きらきらと輝く瞳でルーファスを見つめるカトレアと、どこか切なげに、狂おしいほどの熱を秘めた表情でカトレアに微笑みかけるルーファスの対比がたまらない。

……尊いわ。これだけでパンを三斤くらいは食べられるわ。

隠れたヤンデレもまたたまらなくおいしいのだと実感しながら、ふたりに手を振って別れを告げる。気が重い晩餐の前に、純愛ヤンデレカップルを補給できてよかった。

花束を抱えたまま、笑みを残して馬車に乗り込む。

甘い香りが、お義兄さまとふたりきりの沈黙を、すこしだけ和らげてくれるようだった。

◇

「晩餐の約束についてですが、旦那さまは体調が悪くて来られないそうです」

公爵邸に到着し晩餐用の深い葡萄色のドレスに着替え終わったころ、屋敷の侍女から何やら伝言を受け取ったレインが申し訳なさそうに報告した。

「そう、なの……？」

すでに、ドレスもお化粧も完璧に整えた後だ。数年ぶりの再会だから、とレインもいつもより張り切って支度を手伝ってくれていたのに。

「お嬢さま、その……」

レインは気遣わしげに私のそばに近寄ってきた。残念な気持ちがないと言えば嘘になるが、余計な心配をかけないようすぐに微笑みを取り繕う。

「……体調が悪いなら、仕方がないわね。でも、せっかく支度したんだもの。この花束をお見舞いに届けてくるわ。それくらいなら許されるわよね？」

あの後、魔術研究院から届いた大量の「エルの恋花」の中から、すばらしい輝きのものだけを厳選して花束を作ったのだ。もともとは、晩餐の席でお父さまにお渡しするつもりだった。

「はい。……旦那さまもお喜びになるかと」

レインは、励ますように小さく笑ってくれた。彼女が私の前で笑ったのは初めてだ。やはりヒロインであるだけあって、言葉を失うほどにかわいい。

「ふふ、あなたの笑顔を見たら勇気が湧いてきたわ。行ってくるわね！　レインは自由にしてて」

軽く手を振って、花束を片手に部屋を出る。

お父さまの居場所は屋敷の最上階の最奥だ。かつて、お母さまが使用していた部屋でもある。

……今でもずっと、お母さまを想い続けているのよね。

永い恋だ。せめてお母さまに似ているという娘の私が、お父さまを励まして差し上げることができたらいいのに。

黙々と進み、お母さまの部屋の前まで辿り着くと、長年この屋敷で執事を務めるイアンが立っていた。

「イアン、ご機嫌よう。お父さまの体調がすぐれないと聞いて、花束を持ってきたのだけれど通してくれる？」

この屋敷の使用人は、王都の屋敷の使用人に比べて私に寛容だ。まだ無邪気で純粋だった幼いころの私を知っているせいかもしれない。

「これは見事な『エルの恋花』ですね。わかりました、少々お待ちください」

イアンはにこりと微笑んで、さっそくノックをしてくれた。静寂が続いていたが、どうやら入っていいという合図らしく、彼はゆっくりと扉を開けて私を中に通してくれた。

「旦那さま、エレノアお嬢さまがお越しです」

部屋の中は、燭台の光がひとつ灯っているばかりで薄暗かった。その灯りのそばに、ゆらめくような小さな影がある。

……あれが、お父さま？

幼いころ見たお父さまは、大きくて活気に満ちた紳士だったのに、目の前にいるのは、まるでしおれた老人だった。お母さまの持ち物らしき装飾品や本を机の上に並べては、ぶつぶつと何かを呟いている。

「お父さま……？　エレノアですわ。あの……体調が悪いとお聞きしたので、お花をお持ちしたのです。魔術研究院で咲いていた、美しい『エルの恋花』ですわ。珍しいでしょう……？」

仄暗い灯の中で、ゆらめく影がのろのろとこちらを向く。私とお揃いの薄紫の瞳は翳（かげ）り、白目の部分は黄色く濁っていた。まるで生気がない。幽霊と言ったほうがしっくりくる姿だ。

「その名前は聞きたくない……。アデラインを、彼女を奪った娘の名だ!!」

小さな影は突然に立ち上がったかと思うと、闇に溶け込むようにして私の目の前に迫った。もともと背が高いだけあって、目の前に立ちはだかるとそれなりに迫力がある。

「出ていけ!! アデラインとの思い出を穢すな! 出ていけっ!!」

手を振り上げられ、咄嗟に構えるもお父さまの手が当たったのは私が抱えた花束だった。淡く発光する「エルの恋花」が、薄闇の中ではらはらと散っていく。

「旦那さまっ!」

イアンが慌ててお父さまを止めに入る。羽交いじめにする手つきは、どこか慣れた様子だ。

「お嬢さま、申し訳ありません。このままご退室ください。旦那さまはまもなく落ち着かれるはずですから、心配はいりませんよ」

安心させるように取り繕われたイアンの笑みにも、すこしも心が休まらなかった。

かたかたと震える指先で、いつの間にか床に落ちていた花束を拾い上げ、逃げるように部屋を後にする。

自分の家の本邸だというのに、構造もよくわからないまま、ひたすらに早足で歩いた。

……あれが、お父さまなの? 怖い、怖いわ……

レインの待つ私室に帰るべきだと思うのに、動揺してしまって帰り道すらもうまく思い描けない。

頭を真っ白にしたまま歩き続けていると、ふと、誰かとぶつかった。謝る言葉すら思いつかず、そのまま歩き続けようとするも、大きな手に両肩を掴まれてしまう。

「やっ……！」

先ほどお父さまに手を振り上げられたのを思い出して、反射的に体をこわばらせてしまった。花びらが、またすこしひらひらと散る。

「そんなに急いでどうした。お前の部屋はこちらではない」

冷たい響きすらあるその声に、今はどうしようもなく安堵した。心の中でぐるぐると渦巻いた動揺を、すっとほどいてくれるかのようだ。

「お義兄、さま……」

彼の紺碧の瞳と目が合った瞬間、ぽろぽろと涙があふれ始めた。

怖かったのか、悲しかったのか、それすらよくわからない。

お義兄さまはぎょっとしたように肩を震わせたが、私が抱えている花束を見て何かを察したらしく、そっと私の顔を覗き込んだ。

「……公爵に会ったのか」

声もなく涙を流しながらこくりと頷けば、彼は深い溜息をついた。また厄介ごとを起こしたと呆れているのだろう。

「部屋に入れ。ここは人目がある」

お義兄さまに腕を引かれるようにして、近くの部屋の中へ足を踏み入れる。どうやら、お義兄さまのお部屋のようだ。燭台の光がいくつも灯されているおかげで、お父さまの部屋とは違って、日が落ちた今も明るい。

お義兄さまは無言で私をソファーまで導き座らせると、自分も私の隣に座った。

ぽたぽたと滴り落ちる涙が、膝の上に乗せた花束の上に染み込んでいく。涙が一粒触れるたびに、花は最後の輝きと言わんばかりにぱっと美しい光を放った。

「……やっぱり、連れてこなければよかった」

お義兄さまは苛立ったようにぽつりと呟いた。

お義兄さまの冷たい言葉も、今はどうにも受け流せない。いちいち傷ついてしまって、余計に涙があふれてくる。

「ごめ……なさい……お義兄さま、私……」

泣きじゃくりながら謝罪の言葉を口にすれば、彼ははっとしたように私の肩を掴んだ。

「違う！　……お前を責めているわけではない」

お義兄さまの長い指が、目尻に溜まった涙を拭う。冷たい指の感触が、泣き腫らした目には心地よかった。

「あんなやつのために泣くな」

お義兄さまとは思えない励ましの言葉に、なんだか余計に涙が出てきてしまう。それらもいちいちお義兄さまは指先で拭ってくれた。

「お義兄さまは……ご存知だったのですね。お父さまが、こんなにも私を嫌っているって……」

好かれてはいないと思っていたが、これほど憎まれているとは考えてもみなかった。

お義兄さまは、こうなることがわかっていたから、頑なに私を公爵領へ連れてこなかったのだろうか。私をお父さまに会わせないのは、お義兄さまなりの不器用な優しさだったのだろうか。

この様子では、公爵としての仕事もほとんどお義兄さまがしているのだろう。それに文句も言わず私の面倒まで見ているお義兄さまには、とても頭が上がらない。

「……見ていられなかった。お前は、あんな公爵からの便りを毎日待ち侘びて、何も気にしていないふうに笑うから」

涙を拭っていたお義兄さまの指先が、そっと頬に移動する。涙で張りついた髪を、優しく耳にかけてくれた。

……私の笑顔が嫌いと言ったのは、まさかそれが理由？

なんだか、調子が狂う。お義兄さまなのに、お義兄さまではないみたいだ。

「……ふふ、今日のお義兄さまはなんだかお優しいです」

思わず、涙を拭う彼の手に頬を擦り寄せて睫毛を伏せる。涙の滴が一粒、頬を滑り落ちていった。

「……冷たくしていれば、こんな家、早く出ていきたくなるだろうと思っていたからな。でも――」

紺碧の瞳が、覗き込むように私の目を捉える。思ったよりも近い距離で目が合って、どくりと心臓が跳ねた。

「――最近のお前は、冷たくすればするほど向きあおうとしてくるだけだから、意味がない」

そう呟いたお義兄さまの表情は、見ようによっては微笑んでいるようにも見えて、言葉を失った。

……な、なに、それ。

胸の奥で、息が一瞬固まったような気がした。たちまち、体が熱くなる。

……お父さまに会わせなかったのも、私に冷たくしていたのも、まさか、すべて私のためだったと言うの？

「っ……！」

……わかりづらすぎるわ！

思わず頬を熱くして、手の甲で口もとを押さえる。どんな表情をしていいのかわからない。さっきまで怖い思いをしてひどく泣きじゃくっていたのに、よくわからない熱に心の中をかき乱されていた。ふさわしい言葉が見つからない。

「気を取り直して、食堂へ行こう。支度はできているはずだ」

お義兄さまは私の動揺になど微塵も気づいていないようで、いつも通りの涼しげな顔で立ち上がった。そうして、私の膝の上に乗せたぼろぼろの花束を拾い上げる。そのまま処分するのかと思いきや、侍女を呼び寄せて花瓶に生けるよう指示していた。

「お義兄さま……そんなぼろぼろの花でなくとも、私の部屋にたくさんあります。新しいのをお分けいたしますわ」

涙の名残（なごり）を拭いながら、思わず立ち上がる。いくら美しい「エルの恋花」でも、人に、ましてやお義兄さまに差し上げられるような状態ではない。

「お前は『公爵』に贈るために用意したのだろう。代理を務めている俺が受け取って何が悪い」

ぶっきらぼうな言い方だが、わかってしまった。これも、お義兄さまなりの不器用な優しさなのだと。

今までとの温度差に、やっぱり何も言えなくなる。頬に帯びた熱を誤魔化すように手の甲で擦るも、すこしも和らいでくれなかった。どんな表情をしていいかわからない。

動揺を抑えきれないまま、お義兄さまと食堂へ向かう。

初めて彼とふたりで味わう食事は、いつもよりもずっと温かく、優しい味がした。

◆　◆　◆

陽光の差し込む広大な温室の地下は、地上の平穏が嘘のように思えるほど薄暗い。夏でも冷えきった空気はどことなく澱んでおり、光の差さないこの場所に好んで足を運ぶ者はいなかった。

そう、たったひとり、亡霊のような姿で佇む彼を除いては。

青年は、今日も深い緑の外套に身を包み、虚ろな瞳で黙々と歩く。不健康なほどに痩せた両手には、鮮やかなカトレアを携えて。

青年が向かう先はいつも決まっている。誰も立ち寄らない彼の実験室、光とは無縁の仄暗い小部屋。その場所に、彼の命よりも大切な「彼女」が眠っているのだ。

実験室の扉を開ければ、まず真っ先に視界に飛び込んでくるのは青白い光に照らされた硝子の箱だ。棺と呼ぶには大きな箱で、底にはカトレアが敷き詰められている。その花々に囲まれて眠るのは、伝承と同じ亜麻色の髪をした可憐な「天使」。二度と開かれることのない瞼の下にある瞳も、かつては美しい亜麻色の光を湛えていた。

「カトレア」

青年は、目覚めることのない「天使」にそっと笑いかける。甘く、恍惚さえ覚えるようなその笑みは、およそ少女の遺体のそばで浮かべる表情としてふさわしいとは言えなかったが、青白い光に照らされた彼の端整な笑みは、どこか怪しげな美しさを放っていた。

「今日は白と紫のカトレアにしたんだ。君がいちばん好きだっただろう？　君の亜麻色の髪に、よく似合っている」

硝子の箱の中に縫いとめられた少女の遺体は、いわば標本と呼ぶべき代物だった。彼が持ち得る限りの魔術を使って、彼女の遺体を美しいままに留めているのだ。

いちど削ぎ落とされてしまった純白の翼も、縫い目がわからないほど綺麗に修繕されている。眠る彼女は今も、完璧な「天使」の姿をしているのだ。

「眠っていてもかわいいなあ……カトレアは。今日はどんな夢を見ているの？」

硝子の蓋を開けて、彼はむせ返るように甘いカトレアの香りの中で微笑む。

初めは遺体に語りかけている空しさを感じていたはずなのに、このところは、まるで彼女が本当に眠っているだけのように思えて、悲しい虚無感とは無縁の日々を送っていた。

カトレアの甘い香りに、精神が蝕まれつつあるのだということを、彼は心のどこかで正しく理解していた。それでもなお、彼は彼女に語りかけることをやめない。

「君の目が覚めたら、どこへ行こうか。こんな温室に留まることはないよ。君の知らない世界を見に行こう」

カトレアの冷えきった頬に触れながら、青年は晴れ晴れとした面持ちで彼女との旅の計画を語る。

「初めはどこへ行くのがいいだろうね。やっぱり、海かな。カトレアは知らないだろう。海の青さも、広さも何も」

青年は、楽しげな笑みを浮かべて彼女の顔を覗き込んだが、やがてつらい現実を突きつけられたかのように表情を歪ませた。

「……そうだ、君はまだ、何も知らなかったのに」

外の世界も、自由も、恋も、何も知らないままに自ら命を絶った唯一の大切な人を前に、憎悪すら覚えるようになってしまったのはいつからだろう。

青年は自嘲気味に笑って、少女の肩口に顔を埋めた。

生前の彼女を抱きしめた瞬間に包まれたあの優しい香りはもうなかった。代わりに彼らを包み込むのは、腐りかけたカトレアの甘ったるい匂いばかりだ。

それでも彼は、少女を抱きしめ続けた。温もりなんてもう、どこを探したってありはしないのに。

「……カトレア、君は天使なんだろう。僕も連れていってくれよ」

彼が正気に戻るのは、ほんのわずかなこの瞬間だけ。棺(ひつぎ)の中に縫いとめられた彼女から離れればまた、彼女は眠っているだけだと思い込んで花を運ぶ毎日だ。

正気を保てていたならば、彼はとっくのとうに命を絶っていただろう。でも、蝕(むしば)まれた彼の精神が、少女の死を有耶無耶(うやむや)にしてしまうせいで、彼は明日も死ねないまま彼女のもとへ花を運ぶ。

「……叶うなら、君と一緒に終わりたかった」

彼に残された願いらしい願いは、ただそれに尽きた。

青年は少女の肩口からゆっくりと顔を上げ、二度と目覚めることのない彼女の額にくちづけを落とす。

生前であれば、こうすると少女はどこかくすぐったそうに笑ったものだ。

ふたりの間にあるのは恋ではなかったが、それに劣らない親愛と依存で結ばれていた。彼らの世界は彼らだけで、完璧に完成していたのだ。

もし少女が生きていれば、いつか小さな恋が芽吹くこともあったかもしれない。

だが、それももう、叶うはずもない「もしも」の話だ。

「……また来るよ。明日も、明後日もその先もずっと……僕が息絶えるその日まで、いつまでもそばにいるからね」

青年は少女の冷たい頬を撫でて、甘く甘く囁(ささや)いた。翳(かげ)りを隠しきれない青白い顔には、晴れやかで歪んだ笑みが浮かんでいる。

深い青の双眸(そうぼう)から涙がこぼれていることになど、すこしも気づかないというふうに。

◆◆◆

「どうした？　ぼうっとして」

冷ややかな響きのある声に話しかけられ、はっと我に返る。

魔術研究院の広間の中心に設置された白いティーテーブルには、青い薔薇の紅茶が置かれていた。今は、お義兄さまとともに院長の歓待を受けている最中だ。

「あ……ごめんなさい。薔薇の紅茶の青色が、あんまり綺麗で」

今朝見た悪夢のことなど、誰にも言えるはずがない。あれは「狂愛の恋花」のカトレアとルーファスのバッドエンドの光景なのだから。

「ならいい」

それだけ告げて、お義兄さまは優雅な所作でティーカップを口に運ぶ。一見、今までと変わりないそっけなさだが、さりげなく私を心配してくれているのだと今ならわかってしまう。

……昨晩から、お義兄さまは変わりすぎよ。

慣れない優しさにいまだにほんのりと頬を熱くしながら、私も薔薇の紅茶に口をつけた。甘すぎない、上品な香りが鼻腔をすっと抜ける。

「エレノアさま、いかがですか？　その紅茶はカトレアが淹れたのですよ！」

どこからともなく翼を広げたカトレアが舞い降りてきたかと思うと、私に感想をねだった。今日も、陽光を帯びたような眩しい姿をしている。

「とってもおいしいわ。あなたはお茶を淹れるのもお上手なのね」

夢の中のあの姿とは違い、生き生きとしたカトレアを見るとなんだか安心する。

「カトレア、あまりお嬢さまの邪魔をしてはいけないよ」

カトレアを追うように姿を現したルーファスもまた、慈愛に満ちた目をしていて、とても幸せそうだ。やはり、このふたりはこうして笑いあっているほうがいい。

「いいのです、ルーファスさま。……カトレア、またお花畑を案内してくれる？」

「ええ！　今日は花冠を作りましょう！」

カトレアは再びふわりと舞い上がり、私を先導するように花畑の中心に向かって飛び始めた。私も慌てて席を立つ。

「お義兄さま、院長さま、私、カトレアとお話しして参りますわ」

挨拶もそこそこに、カトレアの後を追った。野生には咲いていないような繊細な淡い色の花々の道を駆け抜けながら、天使の影を辿る。

……「エルの恋花」は処分したし、勝手にバッドエンドに進むことはないわよね？

あとはカトレアに「ルーファスさまと生きていきたい」と言ってもらうだけなのだが、こちらももう一息である気がしていた。あんなに幸せそうに笑っている彼女が、自死を考えるはずがない。

「エレノアさま、見てください！　カトレアが作ったのですよ」

そう言ってカトレアは、綺麗な輪を描く花冠を私の頭に乗せた。天使から授けられると、なんだか祝福でも与えられているかのようだ。

「すてきだわ。私にも教えてちょうだい」

「はい！」

カトレアはどこからともなく切り花を運んでくると、花冠の作り方を手取り足取り教えてくれた。

だが私は生来不器用なたちらしく、カトレアのようにうまくはいかない。

長い時間をかけて編んだ花冠は、散々な出来栄えだった。苦い思いで歪んだ花冠を眺めれば、カトレアはくすくすと可憐に笑う。

「ふふ、かわいいです、エレノアさま」

「……そうね、かわいい出来栄えね」

「ご安心ください、ルーファスさまよりはましですよ」

悪戯っぽく笑うカトレアに、ふっと頬が緩む。そういう軽口が許されるほど、彼らは親密な仲なのだと思うと、だらしなくにやけてしまいそうだ。

「あなたは、ルーファスさまが大好きなのね」

思わずぽつりと呟けば、カトレアは亜麻色の睫毛を伏せて笑った。

「そうですね、大好きです。大好きだから……このままではいけないのだろうと思います」

いつの間にか橙色を帯び始めた光の中で、カトレアは意味ありげに笑みを深める。

「ねえ……エレノアさま。私とルーファスさまのことを想ってくださるのなら――」

長い睫毛の合間からあらわになった亜麻色の瞳が、不穏な光を帯びて私を射抜く。

「――私のこと、殺してくださいませんか？」

純真で可憐なカトレアの言葉とは思えぬ発言に、一瞬頭の中が真っ白になった。歪んだ花冠が、ぽとり、と座り込んだ膝の上に落ちる。

「な……何を、言って……？」

「知ってるんでしょう？　ルーファスさまが、私を処分しなければいけないってこと」

先ほどまでと変わらぬ柔らかで愛らしい声なのに、一言一言が氷のように鋭いのはなぜだろう。背筋を嫌な汗が伝っていく。

「私、本当はあなたに期待していたのです。噂通りの悪いお嬢さまならば、無礼な振る舞いをすることで私を処分してくれるのではないかって」

「……っ」

出会うなり抱きついてきたあの奔放な行動も、妙に人懐っこい態度も、私を試していたということなのだろうか。

カトレアの小さな手が、動揺する私の膝の上から歪んだ花冠を拾い上げ、自らの頭の上に乗せる。

「でも、あなたには無理でしょうね。……つくりものの天使を慈しんでしまう、お優しい方だから」

カトレアは花冠の材料にしていた花の中から、一輪の白い花を手にして傾いた陽を背に立ち上がった。そうして、歪んだ花冠に白く輝く花を差し込んで笑う。

「その花は……！」

……どうして、「エルの恋花」がここに？

私が、すべて買い取ったはずなのに。どうしてカトレアの手に渡っているのだろう。

「ああ、今朝、ルーファスさまからいただいたのです。ルーファスさまのお部屋で育てていた、特別な『エルの恋花』らしいですよ。綺麗ですよね？」

……だめ！　だめだめだめ！　そのままじゃ！

耳の奥で、心臓の音がうるさいくらいに鳴り響いている。ふらりと立ち上がり、思わずカトレアの肩を掴んだ。

「カトレア、だめ……！　諦めないで、考え直して!!」

細い肩を握る手に、思わず力がこもる。諦念をにじませて笑う彼女の姿に嫌な予感が増すばかりだ。

「だめですよ、エレノアさま。そんなふうに掴んじゃ。……ルーファスさまが見てますよ？」

囁くような言葉にはっとしてあたりを見渡せば、黒い影がすぐそばまで迫っていた。

普段は穏やかに目を細めている彼が、今は深い青の目をわずかに見開いて、その瞳の奥に見たこともない翳りを宿している。

「ルーファス、さま……」

「お嬢さま、カトレアに——僕の天使に、何をしているんですか？」

穏やかな口調なのに、体の芯まで凍えそうなほどに冷たく感じる。カトレアにまつわることとなると、彼はいくらでも冷徹になれるらしい。

……すばらしいヤンデレの素質があるけれど、いざ目の前にすると怖くて仕方ないわ！

震えながらカトレアから手を離せば、場を取りなすように彼女は無邪気に笑ってみせた。

「ルーファスさまったら怖いお顔。エレノアさまと遊んでいただけですよ？」

カトレアは翼を広げてルーファスの首もとにじゃれつくように近づいた。ルーファスは彼女の長い髪を撫でながら、慈しむように微笑む。やはり、一枚の絵画のように神々しいふたりだ。

だが、今ばかりは不安で仕方がない。この光景が、最後の幸せな姿になってしまいそうで。

「カトレア、待って、もうすこし話を――」

「――何か揉めごとか？」

ふたりに気を取られるあまり気づかなかったが、いつの間にか私の隣にはお義兄さまが立っていた。相変わらず感情が読めない涼やかな表情をしている。

「今日の視察は終わりだ。帰るぞ」

確かにもう日も暮れる。だが、このまま帰るわけにはいかない。

「お義兄さま、あの、私、もうすこし彼女と話を――」

「ルーファスさま、カトレアはなんだか疲れてしまいました。お部屋でおやすみしたいです」

甘えるようにルーファスに抱きついて、カトレアはねだっていた。まるでこれ以上、私をここにいさせまいとするように。

「わかったよ、カトレア。すぐに寝室へ行こう。――では、ルークさま、お嬢さま、今日はこれで失礼いたします」

ルーファスは胸に手を当てて礼をすると、カトレアを抱き上げて花畑の中を歩き始めた。橙色に染まった花々の中に、ふたりの影が長く伸びている。

「……今日は諦めろ。また明日来ればいい」

「っ……」

お義兄さまの言葉はもっともだ。私には、ルーファスとカトレアを引きとめられるだけの材料がない。

……でも、明日が来なかったらどうするの？

今日のカトレアの様子はおかしかった。私に「殺してほしい」と頼んだり、何かを諦めたように笑ったり、何ひとつ尋常ではない。

カトレアが頭に飾ってくれた花冠を胸に抱き、指先をぎゅう、と握り込む。

……みすみす死なせるものですか。絶対に、バッドエンドにはさせないわ。

「狂愛の恋花」でカトレアが命を絶つのは真夜中だ。今日だったとしても、まだ時間はある。

きっと、ここからが正念場だ。ふたりの姿を目に焼きつけたまま、決意を固める。

……必ずや、カトレアを救ってみせるわ。

◇

「周りに見張りはいないわね……っと」

白いバルコニーから身を乗り出して、あたりを窺う。頭上には、満天の星空が輝いていた。

夜、お義兄さまとふたりきりの慣れない晩餐を終えた後、私は「湯浴みをします」とだけ告げて、お義兄さまと別れた。そのまま私室へ戻ることなく、一階の客間に忍び込み、こうしてバルコニーまで出てきたのだ。

お義兄さまに頼み込んだところで、こんな夜更けに外に出ることを許してくださるはずもない。レインだって、見逃してはくれないだろう。初めから彼らを説得することは諦めていた。

となれば、私に残された手段は黙って出ていくことだけだ。

一応、私室には置手紙を残してある。うまくいけば真夜中には帰る、というような内容の手紙だ。

……ばれたら、レインやお義兄さまを困らせてしまうかしら?

悪いことをしている自覚はあったが、ひとりの少女の命には代えられない。一刻も早く、彼女のもとへ駆けつけなければ。

誰も見ていないことを確認してドレスをたくし上げ、手すりから身を乗り出し、よじ上る。そのままなんとか庭に降り立つと、無我夢中で駆け出した。

私の直感が正しければ、おそらく今夜が、ルーファスとカトレアにとっての運命の日だ。月が高く昇るころ、カトレアはひとけのない温室の花畑の中で自らの翼を削ぎ落とす。

画面越しに見た、血にまみれた花の中で横たわるカトレアの姿は、今も鮮明に覚えている。

その後に駆けつけた、ルーファスの絶望の表情も。

鮮やかに蘇(よみがえ)るその光景を脳裏から追い出すように、必死で走り続ける。公爵家から魔術研究院まではそう遠くない。貴族は馬車で移動する距離だが、歩いたところで四半刻程度だろう。決して無理のある距離ではないのだが、滅多に体力を使わない令嬢生活を送ってきたせいか、すぐに息は上がってしまった。

膝に手をつくようにして呼吸を整えれば、胸の奥で血の臭いがする。息をするたびずきずきと胸や喉が痛み、額に浮かんだ汗を拭った。

……早く、早くしないと。間に合わなくなるわ。

その焦りと、カトレアを引きとめられるのは自分だけだという使命感が、私を前に突き動かしていた。踵（かかと）の高い靴を脱ぎ捨て、薄い絹の靴下で再び走り出す。

「はあ、は……っ」

すっかり息が切れたころ、ようやく魔術研究院の巨大な温室に辿（たど）り着いた。

幸いにも、見張りの姿はない。公爵家の敷地内とも言える場所にあるので、屋敷から移動するぶんには警備が手薄なようだった。

夜も遅いせいか、あたりは怖いくらいの静けさを保っている。月影に照らされた温室は、昼間の陽光に満ちた暖かな印象とは打って変わって、不気味なほどに神秘的な雰囲気を帯びていた。

……この中に、カトレアがいるのかしら。

まだ乱れたままの呼吸を無理やり鎮めて、そっと温室の扉に手をかける。押してみると、抵抗なくすんなりと開いた。まるで導かれているみたいだ。

静かに温室の扉を閉め、足音を立てないよう細心の注意を払って、温室の中心に広がる花畑を目指す。肌に纏わりつくような、温室独特の生温い空気を吸い込めば、肺腑の奥にまで甘ったるいカトレアの香りが染みつくような気がした。

硝子（がらす）越しに差し込む月影は、悲しいほどの美しさだった。幻想的な雰囲気を漂わせているという点は昼間と共通しているのかもしれないが、なんだか重苦しい印象だ。正に、バッドエンドの舞台にはふさわしいのかもしれない。

……カトレア、どこにいるの。

ついに花畑に足を踏み込み、あたりを見渡す。風もないのに、ざわざわと花々が揺れている気がした。

「っ……」

ふわり、と漂ってきた血の臭いに、思わず顔をしかめる。

目的の少女は、花畑の中で蹲っていた。

その華奢な手には銀色の短剣が握られており、彼女の右の翼は真っ赤に染まっている。彼女が自ら翼を傷つけていることは明白だった。

その光景に、私はたっぷり数秒間、身動きを取ることができなかった。

血の気が引いていく、なんてものじゃない。「天使」が自らの翼を削ぎ落とす残酷さと悲惨さを、私は甘く見ていたようだ。あまりに衝撃的な現実に、一瞬視界が暗くなる。

「っ……ぐっ……」

泣いているのか、あるいは痛みを堪えているのか、ひどく苦しげな呻き声が聞こえてきて、はっと我に返った。

カトレアの右手に握られた短剣が再び、彼女の右の翼の付け根に差し込まれようとしている。

「っ……だめ!!」

思わず彼女のもとへ駆け寄れば、カトレアはびくりと肩を震わせてこちらを振り返った。

ひどく驚いたように、彼女は亜麻色の瞳を見開いている。その動揺に構うことなく、無我夢中で彼女が手にした短剣に手を伸ばした。

「っ……」

ほとんど勢いのまま短剣の刃部分に掴みかかる。ぶつりと鋭く手のひらが切れる感触とともに、熱さにも似た激痛が走った。まもなくして、刃を伝うようにぼたぼたと赤い血がこぼれ出す。

「っエレノアさま⁉」

カトレアは、青ざめた表情で私を見上げていた。短剣を持つ手が震えている。

「っ……エレノアさま！　だめです‼　早く離してください‼」

わなわなと震えるカトレアは、軽く混乱状態にあるようで、短剣を離そうとしない。

「あなたが離せばいいでしょう⁉　いったい、何をやっているのよ‼」

彼女が本当に自死を試みていたという事実と、右の手のひらに伝わる痛みから、思ったよりも叱責するようなきつい口調になってしまった。

そうこうしている間にも、短剣から滴った血が私たちの間にぽたぽたと小さな血だまりを作っていく。気づけば全身に脂汗が浮かんでいた。

そのまま睨みつけるようにカトレアを見下ろしていると、彼女は震えながら短剣を離した。

それを機に、短剣を足もとへ落とす。刃が手のひらを離れる瞬間にも激痛が走ったが、ひとまずはカトレアが最悪の事態を免れた安心感のほうが大きい。

……よかった、カトレアはまだ大丈夫そうね。

右の翼は鮮やかな赤で染め上がっているが、画面越しに見たような血の気の悪さはまだない。彼女の周りに散った血液の量からしても、手遅れになるような段階ではなさそうだ。

とはいえ、カトレアの翼の付け根からは、今もどくどくと血があふれ出している。まずはすこしでも出血を抑えなければ。

「あ……あ……エレノアさま……」

今にも泣き出しそうな亜麻色の目でこちらを見上げてくるカトレアを横目に、足もとに落ちた短剣を左手で持ち直した。利き手ではないので多少心許ないが、短剣で身に纏っていたドレスを膝のあたりまで引き裂いた。あまり清潔とは言えないが、走って汚れてしまった裾の部分を更に破り捨て、止血用の布を準備する。

残った部分の布をいくつかに裂き、そのうちのひとつを丸めて、彼女の翼の付け根に押し当てた。激痛を覚えたのだろう。カトレアは肩を震わせていたが、やがて、泣き出すような弱々しい声で懇願し始めた。

「っ……エレノアさま、ごめんなさい。でも、でも……どうか見逃してくださいませんか。私は、生きていちゃいけないんです。あなたは、私を殺してくれなかったから……このままじゃ、ルーファスさまに、私を殺させなきゃいけなくなるんです」

カトレアは抵抗するような素振りは見せなかったが、背中を震わせて泣いていた。じわり、と初めに押し当てた布切れに温かい血がにじむ。

「……それでも、自ら命を絶ってはいけないわ。こんなの絶対間違ってる」

先ほどいくつかに裂いた布切れを手繰り寄せ、血で染まった布切れと入れ替える。私も出血しているのでやはり清潔とは言えない処置だが、放っておくよりはいいだろう。それに、カトレアの応急手当てをしているほうが、脈打つたびに鈍い痛みを訴える手のひらを意識せずにいられるような気がした。

カトレアは背中を丸め、ぽろぽろと大粒の涙を流しながら、悲痛な叫びを上げた。

「どうして私は、普通の人間としてルーファスさまのおそばにいられなかったのでしょう。この翼さえなければ、私は、いつまでもルーファスさまと笑いあっていられたのにっ……！」

カトレアは自らの腕に爪が食い込むような力で、自分の体を抱きしめていた。

それほどに、己の背中に生えた翼が憎いのだろう。まがい物とはいえ「天使」と呼ばれる身の上が疎ましくてならないのだろう。

「ルーファスさまは、私にたくさんのものをくださいました。この名前も、楽しいと思う気持ちも優しさも……誰かを大切に思うことの尊さを、教えてくださったのはルーファスさまです」

カトレアが腕に爪を食い込ませているせいで、彼女の腕に赤く刻まれた「7」という刻印に赤い線が走る。あまりに痛々しい姿だ。

「私は……あの方に何もお返しできない。できなかったんです……。それならばせめて、あの方の優しい手がまがい物の『天使』の血で汚れないように、私は私の手でこの身を終わらせたいのです」

その瞬間、カトレアは勢いよく振り返ると、潤んだ亜麻色の瞳で私を射抜いた。昼間と同じように、可憐な彼女からは考えられないほどの強い意志を宿した瞳だ。

「だから、エレノアさま、お願いです。私を殺せないのならせめて……このまま立ち去ってくださいませんか？　これが私の、最後の願いです」

カトレアは真剣だった。もうとっくに、自らの命を絶つと心に決めていたのだろう。今もぼたぼたと血をこぼす右の翼は、信じられないくらい痛むだろうに、すこしも怯えていなかった。凄まじい覚悟だ。

ルーファスを一途に想う彼女は確かに高潔で、美しい。

……ああ、でも、違うのよ。

「あなたにそんな悲しい覚悟を決めさせるために、私はここに来たわけじゃないわ」

愛する人の手を汚したくない、せめてひとりでひっそりと消えたいと願うその自己犠牲の精神は美しいのかもしれないが、その先に待つ結末がいかに悲惨であるか知っているだけに、見過ごせるようなものではなかった。

ぼたぼたと血の流れる手で彼女の顎を掴み、無理やり視線を合わせる。

「あなたが死んだ後の、ルーファスさまの絶望を考えたことはある？　彼の心の中に住んでいるのは、あなただけなのよ、カトレア。あなたがあなたを殺すということは、ルーファスさまの心をも道連れにするということなの」

「ルーファスさまの、心……？」

まさかカトレアは、自分がそれほどに愛されているという自覚がないだろうか。ヒロイン独特のその鈍感さは、普段であればかわいらしいものだが、この瞬間ばかりは憎らしく思ってしまった。

「あなたが死んだら、ルーファスさまの心も死ぬわ」

断言すれば、カトレアははっとしたように亜麻色の目を丸くした。どうやら私の言葉が彼女に届いたらしい。

その事実に安堵を覚えながら、そっと花畑の中にしゃがみ込む。

「だから……早まらないで。自分で自分を終わらせようとするなんて、悲しいことはやめてよね」

「っ……でも、でも、そうしたら、私はどうすれば……」

カトレアは狼狽(うろた)えるように視線をさまよわせている。私は新たな布切れを手に取り、彼女の翼の付け根に押し当てた。

「ふふ、すこしはあなたの大好きな魔術師さまを頼ってみたらどう？」

「ルーファスさまを、頼る？」

きょとんとした声を上げるカトレアはやっぱりかわいい。私の言葉にきちんと耳を傾けてくれる彼女の素直さを好ましく思いながら、笑いかけるように口を開く。

「そうよ。あの方は、あなたのためならきっと何でもするわ」

作中では、なんのためらいもなくエレノアを殺したくらいなのだ。その言葉に嘘はない。

「でも、どうやって――」

「――カトレア!!」

カトレアが口にしかけた問いの答えは、切羽詰まった声で彼女の名を呼ぶ青年が運んできてくれた。

「カトレア!!」

深い緑の外套を翻して、ルーファスは私たちのそばへ駆け寄ってきた。普段あれだけ穏やかな彼が、肩で息をしながら真っ青な顔でこちらを見つめている。

「ルーファス、さま……」

カトレアは、ルーファスを見上げ、どこか居心地悪そうに彼の名を呟いた。

こんなに早く彼がやってくるなんて思ってもみなかったのだろう。私が現れなければ、カトレアが自死を遂げていたかもしれないぎりぎりの時間だ。

「カトレアに……カトレアに、何をしているんだ！」

ルーファスは深い青のまなざしで私を睨みつけ、私を突き飛ばすように私とカトレアの間に割り入った。殺意さえも窺わせるようなただならぬ気迫に、思わず言葉に詰まってしまう。

……どうやっても言い逃れできなそうね。

血まみれのカトレアと、手を血で染めた私。誤解を招くには充分な状況だ。

ルーファスはカトレアを甘やかすように笑いかけ、彼女の細い体を優しく抱きしめた。

「怖かったね、カトレア。もう大丈夫だよ。……君を傷つける悪い人は、僕がぜんぶ、殺してあげる」

優しく、まるで幼な子にお伽噺でも読み聞かせるような甘い声に、寒気がした。最高のヤンデレシーンだが、自分の命が狙われているとなっては呑気に味わえない。

身動きも許されないような張り詰めた空気の中、初めに口を開いたのはカトレアだった。

「ルーファスさま、違います！　エレノアさまは私を助けてくださったのです！　自分で自分の命を絶とうと……愚かな行いをした私を……エレノアさまは、ご自分の手が傷つくのも厭わずに止めてくださったんです！」

カトレアははらはらと涙を流したかと思うと、はっとしたように私の前ににじり寄ってきた。

「エレノアさま、右手は大丈夫ですか⁉　私の傷より、エレノアさまの手を——」

「——どう考えたって、あなたのほうが重傷でしょう？」

思わずカトレアの言葉を遮って、ルーファスに視線を送る。

「ルーファスさま、とにかく今はカトレアの応急手当てを手伝ってください。なかなか血が止まらないのです」

出血量は減ってきているとはいえ、傷はまだ生々しく開いたままだ。きっとひどい痛みを伴っているだろう。

ルーファスは警戒するような表情を崩さなかったが、私のそばに近寄り、カトレアの傷の具合を確認した。彼の整った顔が、みるみるうちに苦痛に歪められる。

「……なんとかなりそうですか？」

「……おそらくは」

ルーファスは深緑の外套の内側から緑色の小瓶を取り出すと、背後からカトレアの顔を覗き込んで弱々しい笑みを浮かべた。

「カトレア、すこし痛むけど、我慢してくれる？」

カトレアはぽろぽろと涙を流したまま、何度も頷いた。ルーファスの視線が私に移る。

「今からこの薬品で出血を止めます。かなりの激痛を伴うので……お嬢さま、カトレアを押さえていてくれますか」

「わかりましたわ」

私はカトレアの前に回り込むと、彼女を抱きしめるようにして押さえつけた。泣き疲れたのか、傷が痛むのかわからないが、カトレアの息はどこか苦しそうだ。

「カトレア、ごめんね。すこしだけ頑張って」

それだけ言うと、ルーファスは小瓶の中身をカトレアの傷口にばしゃばしゃと振りかけた。

ルーファスの忠告通り、かなりの痛みを伴うのだろう。カトレアは私の腕の中で小刻みに震えていた。大きく動くようなことはなかったが、すこしでも痛みが和らげば、とぎゅっと彼女を抱きしめる。

「……終わりました。もう離していただいて結構ですよ」

というよりも、離れろと言わんばかりの視線を投げかけてくるルーファスの言葉に従って、そっとカトレアから体を離した。

「よくがんばったわね、カトレア」

彼女を安心させるように微笑みかければ、カトレアの血まみれの手が私のドレスをぎゅっと握った。いまだわずかに震える彼女の痛みをわかちあうように、私もそっとカトレアの細い肩を撫でる。

「これでカトレアはもう大丈夫なのですか?」

しゃがみ込んだ姿勢のまま、ルーファスさまを見上げて問いかければ、彼は小さく首を横に振った。

「血は止まりましたが、傷は塞がっていないのです。命の危険はほぼないと言ってもいいでしょうが、問題ないとまでは言えません。……傷口は縫うしかないでしょう」

「そうですか……」

それならば、と私は腰に巻いていた深紅のリボンを解く。リボンは大ぶりの布でつくられているため、こうして解くとそれなりの長さだ。

「では、縫うまではこのリボンで翼を固定しておきましょう」

カトレアの傷口は翼の付け根だ。翼の重みで傷口が裂けないとも限らない。ルーファスと協力してリボンをカトレアに巻きつけ、応急処置は完了だ。

「……何があったのか、ちゃんと聞いてもいいかな?」

ルーファスはカトレアの前に回り込み、彼女に視線を合わせるようにしてしゃがみ込んだ。先ほどよりも、いくらか穏やかな雰囲気だ。最悪の事態を免れたことで彼にも余裕ができたのだろう。

カトレアはどこかきまり悪そうに視線をさまよわせていた。

今、彼女に状況を説明させるのは酷だろう。代わりに、私がルーファスに語りかける。

「カトレアは相当思い詰めていたようですわ。あなたの手を汚すくらいならば、自らこの世を去る、と決意して自死を試みていたところを止めた次第ですの」

ルーファスは、まるで怯えるようにカトレアを見つめていた。彼女を失う未来を想像して、恐怖を覚えたのだろう。

「カトレア……本当なのか。君は、僕が受けていた命令を知って……？」

「ごめんなさい、ルーファスさま……！」

カトレアはひどく後悔しているようだった。カトレアが自死を試みたことは、きっとルーファスからすれば衝撃なんてものでは収まらないだろう。

だが、これ以上カトレアが責められる様子を見るのも忍びない。私は再びぽろぽろと泣き出す彼女の肩を抱き、ルーファスを見つめた。

「……あまり、カトレアを責めないでくださいませ、ルーファスさま」

ルーファスは泣き出しそうな顔でカトレアを見つめると、私の手からカトレアの体を奪い、そのままかき抱いた。

「ごめんなさい、ルーファスさま、ごめんなさい……っ」

「いいんだ、もう。痛い思いをさせてしまってごめん。それだけ君が思い詰めていたことに気づけなかった僕が悪い」

カトレアはルーファスの腕の中で再び涙を流していた。でも今度はきっと、安堵のあまりに流す涙だ。

「……ここから逃げよう、カトレア。ふたりで、どこか遠くで一緒に暮らそう」

「っ……でも、そんなことをしたらルーファスさまが……！」

カトレアの亜麻色の瞳が、戸惑うように揺れる。ルーファスの交友関係や、魔術師としての未来を奪うことになるのではないかと憂えているのだろう。

「僕が欲しいのはカトレアだけだ。他には何も要らないよ」

囁くような愛の言葉に、私が言われているわけでもないのにうっとりとしてしまう。

……尊い、なんて尊いの！

血だまりの中でこんな甘い言葉を何気なく言えてしまうルーファスは、やはりヤンデレの天賦の才がある。

「私も……私も、あなたとともに生きていきたいです、ルーファスさま」

それは、ハッピーエンドの鍵となる言葉だ。ぱあっと視界が明るくなるような錯覚すら覚える。

……このまま天に召されても文句はないわ。

尊さのあまり死ぬのは誇張表現もいいところだと思っていたが、これは死ねる。現に、視界がくらくらとしてきた気がする。

「……エレノアさま？」

カトレアが訝しげに私の名を呼ぶのと同時に、ぐらり、と視界が歪んだ。なす術もなく、体が花畑の中に倒れ込んでいく。

「お嬢さま!?」

「ん……」

意識を失っていたのは一瞬なのだろうが、視界がぼんやりとしていた。

それほど出血したつもりはなかったが、手のひらの傷が今更になってこたえたのかもしれない。

おぼろげな意識の中でも、右手の痛みだけがやけにはっきりとしていた。

「お嬢さま、この手は……？」

「ルーファスさま、エレノアさまの傷も診てください。エレノアさまは、私が翼を落とそうとしているところを止めてくださったんです。素手で、短剣の刃の部分を掴んで……」

「ひどい傷だ、これはすぐに手当てを――」

ルーファスの狼狽(うろた)えるような声が降ってきたその瞬間、ふいに、私たちのそばに駆け寄る誰かの足音が響き渡った。

……まずい。まだルーファスとカトレアが逃げていないのに……！

「っ……！」

私が、時間を稼がなければ。その執念にも似た思いから、左手で無理やり体を起こし、駆け寄ってきた真夜中の客人を睨んだ。

だが、その予想外の顔ぶれに、一瞬息が止まる。

私たちのそばにやってきたのは、深緑の外套(がいとう)に身を包んだ院長と――

「……エレノア？」

どこか茫然とした面持ちで私の名を呼ぶ、お義兄さまだった。

「おにい、さま……？」

段々と明瞭になる視界の中で、お義兄さまの表情がかつてないほどの怒りに歪んでいることに気づく。

義妹がこんな夜更けに屋敷を抜け出して、血だまりの中で倒れ込んでいたら、それは怒りたくもなるだろう。

……なんて言い訳しよう！

恐怖に慄(おのの)きながら必死に頭を働かせていると、お義兄さまはゆっくりとこちらへ近づいてきた。

「お前……エレノアに何をした？」

お義兄さまの声は、この場にいる全員の心臓を凍らせるかのような冷たさだった。彼の紺碧の視線は今、ルーファスだけに向けられている。

なぜルーファスに、と思ったが、今の自分の姿を見て納得した。

膝まで裂かれたドレスに、ほどけた腰のリボン、次いで体中血まみれとなると、誰かに襲われたと考えるのが自然かもしれない。

お義兄さまは、どうやら私のことはそれなりに気にかけてくださっているようだから、そのように誤解したのならばお怒りになるのも当然だった。

「……お嬢さまをこんなことに巻き込んで申し訳ありません、ルークさま」

ルーファスもルーファスで、意味深な物言いはやめてほしい。お義兄さまの怒りがいっそう深まった気がする。

「……なるほど、その命は惜しくないと見える。公爵令嬢に――エレノアに傷をつけたんだ。ここで斬り捨てられる覚悟はできていると考えていいな？」

「待って！　待ってくださいまし、お義兄さま、これには事情が――！」

懐から護身用の短剣を取り出そうとするお義兄さまの注意を引こうとするも、もうひとりの客人がこちらに詰め寄ってくるほうが早かった。院長だ。

「っ……」

咄嗟（とっさ）に立ち上がり、ルーファスとカトレアを庇うように彼らの前で手を広げた。

院長が、私とある程度の距離を保ったまま立ち止まる。

「ルーファスさま、カトレアを連れて早く行ってください!!　ここはなんとかいたしますから！」

なんとか、でどうにかなるものかはわからない。相手は魔術研究院の長。ルーファスよりずっと強大な魔力を持っていてもおかしくはない。だが、だからこそ一刻も早くここから立ち去ってほしかった。

院長は、すべてを見透かすような瞳で私たちを見ていた。それはほんのわずかな間だったが、場に漂う緊張感のせいか、何時間もの出来事のように思えて、思わずごくり、と唾を飲む。

やがて、院長はどこか寂しげに笑ったかと思うと、私の背後で座り込むルーファスとカトレアを見据えて告げた。

「行きなさい」

「え……？」

これには思わず間抜けな声を上げてしまう。ちらりと振り返ってみれば、ルーファスとカトレアもまた、ぽかんとした表情で院長を見つめていた。

「……私もそろそろ隠居したいと思っていたところだ。まがい物の『天使』を逃がしてしまった不手際で免職されるのも、悪くない」

「……院長？」

魔術研究院に視察に来た初日、院長が眩しいものを見るような目でルーファスとカトレアを見守っていたことを、ふと思い出す。

院長にとってはもしかすると、ルーファスもカトレアもただの部下と実験体ではなく、もっと近しく慕わしい存在だったのかもしれない。現に、彼らを見逃そうとしていることが、何よりの親愛の証のようにも思えた。

「東の森の奥に、私が所有している小さな家がある。ルーファス、お前の魔術なら、誰の目にも触れぬよう結界を張ることもできるはずだ」

院長は静かに笑った。それを受けたルーファスは一瞬顔を歪めるが、やがて意を決したようにカトレアを抱き上げて立ち上がる。

「……感謝します、院長。本当に……お世話になりました」

「挨拶（あいさつ）はいい。朝が来る前に身を隠せ。事態が明るみになったら、私も隠しきれないからな」

ルーファスはいちどだけ頷くと、今度は私に向き直った。

「お嬢さま……疑ってすみませんでした。あなたはカトレアの命の恩人です」

それだけ告げて、ルーファスは抱き上げたカトレアを器用に片腕で支えたかと思うと、空いた手で私の左手を取って手の甲にくちづけた。最大限の親愛の証だ。

「どうかこの薬を、受け取ってください。カトレアに使った傷薬と同じものです」

くちづけと同時に左手に握らされたのは、緑の液体が満ちた小瓶だった。

「ありがとうございます。大事に使いますね」

「エレノアさま！」

今度はカトレアが軽く身を乗り出し、私の首に抱きついてきた。

「エレノアさま……ごめんなさい。手、私のせいで……」

「気にしないで。私が好きでやったことだもの」

カトレアの亜麻色の瞳を見上げ、安心させるように微笑みかければ、私を抱きしめる腕に力が込められた。

「お友だちになってくれて、ありがとうございました、エレノアさま」

それだけ告げて、カトレアはわたしの頬にくちづけた。別れの挨拶のつもりなのだろう。天使からのくちづけなんて、まるで本当に祝福を与えられているみたいだ。

お返しに、私もカトレアの頬にそっと唇を触れさせる。

「もう行って、ふたりとも。……どうか、幸せにね」

私が見届けることはできないけれど、ハッピーエンドのその先を、ふたりで繋いでいってほしい。

その願いを込めて微笑みかければ、彼らは静かに頷いて私たちに背を向けた。

暗闇に紛れるようにして、すぐにふたりの姿は見えなくなった。

……これで、一件落着かしら。

安心感と達成感から、ふう、と息をつく。それと同時に、射殺さんばかりの鋭い視線がこちらに向けられた。

「……っ」

恐る恐る視線の主を見上げてみれば、怒りににじんだ紺碧の瞳にあっという間に囚われてしまった。

お義兄さまの瞳は、いつになく暗かった。怒りとも憎悪とも思える感情が恐ろしくて、目を逸らしたいのに、それを許されないような緊張感が漂っている。

「あの……お義兄さま、ごめんなさい……」

叱られた子どものように弱々しい声で謝罪をするも、お義兄さまの視線が和らぐことはなかった。むしろいっそう険しくなった気がする。

「許さない」

冷えきった声でそれだけ告げられるのは、非常に心臓に悪い。ただでさえ冷たい雰囲気のお義兄さまがお怒りになると、怖くて怖くて泣いてしまいそうだった。

カトレアたちを逃がすことができた安心感や、右の手のひらの痛みも相まって、じわりと涙がにじむ。お義兄さまの前で泣いてばかりいるのも情けない。思わずぎゅっと目をつぶって涙を堪えた。

ふと、肩に重荷が加わり、何か温かい布で体を包まれる。はっとして目を開けると、なんの前触れもなく、お義兄さまの腕に抱き上げられた。

「っ……お義兄さま⁉」

体には、お義兄さまの上着が巻きつけられていた。抵抗しようにも上着の中に腕も収められてしまっているので、文字通り手も足も出ない。ふわりと漂った優しいお義兄さまの香りにはうっとりとしてしまうが、これはこれで心臓に悪い。

「……あなた方は、何も見ていないということにしてくださるか」

院長は頭を下げて頼み込んできた。

お義兄さまはしばらく彼を見つめていたが、やがてぽつりと返事をする。

「……承知した」

「感謝いたしますぞ、ルーク殿」

その会話を最後に、お義兄さまは歩き出した。私はなす術もなく、お義兄さまの腕の中で揺られることしかできない。

おとなしく彼の胸に頭を預ければ、とくとくと優しい心臓の音がした。それがどうにも心地よくて、だんだんと睡魔が襲ってくる。

お義兄さまは何も言わず、ただ前を向いていた。やっぱりまだ、お怒りになっているようだ。

「おにい、さま、ごめんなさい……」

微睡(まどろ)む意識の中で謝罪を繰り返せば、翳(かげ)った紺碧の瞳が私に向けられる。

いつもと違い、感情を思わせない瞳ではないのだが、何を思っているのかはよく読み取れないまなざしだった。呆れているような、憂えているような、複雑な色を帯びている。

それ以上考えようにも、睡魔には勝てない。徐々に重たくなる瞼(まぶた)に抗うこともなく、私は静かに夢の中に沈んでいった。

◇

お義兄さまの腕の中で眠ってしまった私だったが、流石（さすが）に公爵家の屋敷に着いたときには目が覚めてしまった。

今は右の手のひらの傷口を洗い、お義兄さまとともにソファーに並んで座っているところだ。

「これが、魔術師の秘薬か……」

お義兄さまは、私がルーファスから受け取った小瓶を燭台の灯りにかざして観察していた。魔術師の作る薬品は貴重で効果の高いものが多いが、これで治療を受けていたカトレアがかなりの激痛に耐えていたことを思い出すと、使うのはなんだか気が進まない。

「傷口は洗いましたし、もうあんまり血も出ていませんから、使わなくてもきっと平気です。次に怪我したときのためにとっておきましょう？」

建設的な提案を装って逃げようとするも、お義兄さまは冷たいまなざしで私を一睨みするだけですこしも聞き入れてくれなかった。これは逃れられなそうだ。

「手を出せ。早く使うに越したことはない」

お義兄さまは清潔な布を手にすると、その上に私の右手を重ねるよう促した。まさか、お義兄さまが自ら私の手当てをしてくれようとしているのだろうか。

「あの……レインに頼みますわ。お義兄さまの手を汚すのは気が引けますもの」

そう言って、部屋の隅に控えるレインに目配せをした。彼女はすぐに私の目の前まで飛んでくると、清潔な布をお義兄さまから受け取って、小瓶を開けてから私の右手を包み込んだ。

「では、お嬢さま、お薬をつけていきますね」

レインは口の開いた小瓶を私の右手に近づけた。

その光景を見て、思わず怯むように身を引いてしまう。やっぱり怖い。

「お嬢さま……」

レインは困ったように私を見上げてきた。私だって動きたくないが、怖いものは怖いのだ。

「お前は昔から手当てを嫌がっていたな。怖がりは治っていないらしい」

お義兄さまはどこか意地悪く笑ったかと思うと、するりと私の体に腕を回し、抱きしめた。

「あ……えっと、お義兄さま……？」

まるで恋人にするような甘い抱擁に、かっと頬が熱を帯びる。彼とこんなに近づくのは初めてだ。

「見えなければ怖くないか？」

慈しむような、それでいてどこか悪戯っぽく笑うような響きのある声とともに、彼の手に視界を遮られる。それにより、いっそう彼と密着するのがわかって気が気ではなかった。

……心臓に悪い！

痛みへの恐怖と、お義兄さまと密着することによる緊張感で、体が熱かった。血圧が上がって余計に出血しそうだ。

思わずぎゅっと左手を握りしめて耐えていると、ふいに、お義兄さまの顔が耳もとに近づく気配があった。

「エル――」

レインには届かないような囁き声で、お義兄さまは吐息を溶かし込むようにその名を呼んだ。

エル。それは、幼いころに私が呼んでとねだっても叶わなかった「エレノア」の愛称だ。

……それをなんの前触れもなく、お義兄さまが口にするなんて。

「勝手にいなくなって傷を作るなんて『悪い子』だ。痛いことをされても仕方がないな？」

笑うような吐息が耳朶にかかる感触に、思わず身をこわばらせる。

これだけ密着しているのだから、私の動揺にはとっくに気づいているはずなのに、お義兄さまはそれにも構わず続けた。同時に、右手の傷口に薬が振りかけられる感触がある。

「――次に『悪い子』だったら、絶対に許さない」

「っ……！」

激痛とともに囁かれたその言葉は、鮮烈に、私の脳に焼きついていった。痛みと衝撃で、一瞬だけ息が止まる。

「忘れるなよ、エル」

半ば脅迫のような言葉とともに、音を立てて耳にくちづけられる。ぞわり、と甘い寒気が走った。

やがて右の手のひらにつけられた余分な薬が拭き取られていく感触があり、まもなく視界を覆っていたお義兄さまの手も離れていく。

恐る恐るお義兄さまの顔を見上げてみれば、彼は意味ありげな微笑を浮かべて、私を見つめていた。その紺碧の瞳に宿る光が、どこか怪しく揺らめいている。絡みつくような甘さも感じるまなざしなのに、どうにも落ち着かない気持ちになった。

……何かしら、この、開けてはいけない箱を開けてしまったかのような不気味さは。

お義兄さまに気にかけてもらえるのも、優しくされるのも嬉しい。けれど、彼の持つ不穏な翳(かげ)りと危うい甘さに絡め取られてしまいそうで、なんだか恐ろしくも感じた。

……でも、そういう恐怖を抱くのは、私じゃなくてレインのはずでしょう?

思わず、私の手に包帯を巻きつけるレインを見やる。

彼女は私と視線が合うなり、どこか気恥ずかしそうに、ぎこちなく笑った。まるで、お義兄さまのことなど微塵も意識していないというように。

……何かが、変わり始めているわ。

部屋いっぱいに飾りつけられた「エルの恋花」が、まるでその予感に同調するかのように、ぱっと淡い輝きを放った。

第三章　幼馴染騎士拗らせヤンデレと身分差純愛ヤンデレを嗜みたい

夏の訓練場に、耳障りなほどに甲高い金属音が響き渡る。うだるような暑さの中、ふたりぶんの濃く黒い影が地面に揺れていた。

目の前にいるのは、十八歳という年にふさわしくないほど細身の騎士だ。赤みがかった銀髪を小さく後ろで束ね、くっきりとした深い紅の瞳は、こちらの心臓を一突きにする隙を狙っている。

俺は、その目が好きだった。この瞬間に限っては、彼女は俺だけを見ている。血のように濃い瞳に俺の姿だけが映し出されているのは、たとえその動機が殺意であれ、どうしようもなく満ち足りた気分になるからだ。

――私ね、大きくなったらお姫さまになるの。だからハドリーは、私の、私だけの騎士になってね。

幼い彼女が夢みがちに語っていた言葉が、甘く蘇る。失われた、輝かしい日々の思い出だ。

……ずっと、笑いあいながら一緒に生きていくと思っていたのに。

剣を交えなければ、目を合わせることすらなくなったのはいつからだろう。やはり、互いの家門に決定的な亀裂が走ったあの日からだろうか。

「っ……！」

小競り合いが続いていたが、俺が彼女の持つ剣を薙ぎ払ったのを最後に、彼女の視線が俺から逸らされた。からからと地面を滑る彼女の細身の剣が、陽光を反射していやに眩しい。

「もういちどだ！　次は私が勝つ……！」

俺と同じ騎士服を靡かせ、額に浮かんだ汗を拭いながら、彼女は再戦を申し込んできた。

「やめておけ、体調を崩すぞ」

彼女の申し出を一蹴して、剣を鞘に収める。きっ、と睨み殺さんばかりの鋭い視線が突き刺さった。

「……いつか必ずお前の喉もとに剣を突きつけてやる」

……それは、案外悪い結末ではなさそうだ。

彼女は俺の存在ごと忌み嫌っているのだし、昔のようにまた笑いあえる日が来るとは思えない。それならばいっそ、彼女の手でこの生を終わらせてほしかった。

ふと、彼女の頬に汗とともに一筋の血が流れ落ちているのが目についた。なんとはなしに手を伸ばして、赤い血を拭う。どうやら鍛錬の途中で切り傷がついてしまったらしい。

当の本人は、顔に傷がついたというのになんとも思っていないようだ。むしろ俺に触れられたことが相当不快なようで、ますます眼光の鋭さが増している。

「……昔は、『お姫さまになるの』なんて言っていたくせに」

「なんの話だ？　気色悪い」

俺が宝物のように縋っている幼い日々の記憶なんて、彼女はとうに忘れてしまったらしい。あるいは、思い出したくもないほど忌まわしい記憶なのか。

……それもそうか。彼女にとって俺は、母を奪った男の子どもなのだから。

指先に触れた彼女の血を眺めながら、ふ、と自嘲気味な笑みをこぼす。俺が彼女に許される日は、きっと一生来ないのだろう。

……でも、それでも俺は――

未練がましい言葉を心の中で呟きかけて、やめた。代わりに、彼女の血を手のひらの中にぎゅ、と握り込む。

「……そろそろ出発の時刻だ。支度はいいか」

「令嬢の護衛任務だろう。剣一本あればいい」

彼女は赤みがかった銀髪を靡（なび）かせて、先に歩き始めてしまった。

久しぶりにふたりきりで当たる任務だというのに、彼女はすこしもこちらを気にかけていないらしい。

……未練がましくて情けないな。

好きなのは、いつも俺だけだ。

今までも、今も、これからも、おそらくは生きている限り、ずっと。

◆　◆　◆

「私に、護衛騎士、ですか？」

魔術研究院の視察を終え、王都に帰ってきて早々、お義兄さまは私にある提案をした。

「そうだ。ミラー伯爵領に滞在する夏の間だけでも、護衛をつけろ」

相変わらず冷ややかな声音で、お義兄さまは淡々と告げる。もしかすると今もすこしだけ、怒っているのかもしれない。

……お義兄さまって、案外過保護よね。

カトレアの自傷を止めるべく屋敷を抜け出し、挙げ句の果てには右手に大きな怪我を負った私に対して、お義兄さまは相当お怒りなようだった。怒鳴ることはないが、静かな怒りがびりびりと伝わってくる。療養という名目で三日間は部屋での謹慎を命じられ、王都に帰ってきてようやく、お義兄さまの監視下で屋敷の中を歩き回らせてもらえるようになったところなのだ。

……そろそろ、自由にしても許されるかと思ったのに。

初夏が過ぎ、まもなく夏の盛りを迎えるころ、私は毎年母方の従妹であるリリアーナの家へ遊びに行く習慣があった。彼女の家の領地であるミラー伯爵領は温暖で海に面しており、王都の民や貴族に人気の観光地なのだ。

今年もリリアーナから遊びに来てほしいという旨の手紙を受け取っていたので、例年通り訪ねるつもりでいたのだが、この様子だと専属護衛騎士を迎え入れなければ遊びに行く許可が下りなそうだ。

「……わかりました。受け入れます」

……公爵家から連れていく護衛もいるのだから、大袈裟な気もするけれど。

ちらり、とお義兄さまを見やれば、すぐに視線が絡んだ。どうやら彼はずっとこちらを見ていたらしい。だが、目が合うなりすぐに視線は逸らされてしまう。

代わりに、軽く咳払いをしてぽつりと呟いた。

「窮屈な思いをさせて悪いとは思っている。……これでも心配、しているんだ」

「……っ」

ぶわり、と胸の奥が熱くなる。

ぎこちなく述べられたその言葉は、お義兄さまが今までずっと隠していた本心なのだろう。

……困ったわ。お義兄さまは素直な言葉を伝えてくださっているのに、こんなふうに言われると、なんて返していいのかわからなくなる。

「……お義兄さまが来てくださったらいいのに」

「え?」

独り言のように自然と口をついて出た言葉に、私自身驚いていた。

ミラー伯爵領へは、毎年私ひとりで行っている。お義兄さまはお仕事もあるので、長い間王都や公爵領を空けるわけにはいかないのだ。

「な、なんでもありません。それより、護衛騎士はどんな方?」

本当はお義兄さまとともに海辺を歩けたらどんなに楽しいだろうかと思うが、多忙なお義兄さまにわがままを言って困らせるわけにはいかない。無理やり話題を変えれば、お義兄さまは何事もなかったかのように淡々と答えた。

「貴族の護衛を請け負う第五騎士団の騎士団長と、その補佐官をしている騎士の二名だ。先ほど到着したとの報告を受けたが……会うか？」

……第五騎士団の騎士団長とその補佐官？

ずきり、と鋭い頭痛に見舞われる。頭の奥が、ぐるりとかきまぜられるような感覚を覚えた。

それと同時に脳裏に浮かび上がるのは、赤みを帯びた銀髪の美しい令嬢騎士と、ひだまりのように眩(まばゆ)い金髪の青年騎士の姿。

……まさか、私の護衛騎士になるのは「騎士団長×令嬢騎士」の拗(こじ)らせヤンデレカップル……!?

浮かない気持ちでいた心が一転、新たなヤンデレへの期待で軽やかに弾むようだ。

「お義兄さま！　会いたい！　会いたいですわ！　早く参りましょう！」

お義兄さまは私の変わりようにすくなからず驚いているようだった。先ほどまであれほど浮かない顔をしていたのだから、その反応も当然だろう。

彼は戸惑うようにしばらく私を見つめた後、ふっと視線を外してごくわずかに表情を和らげた。

「ああ、行こうか――エル」

◇

「狂愛の恋花」の三番目のカップルに当たる「騎士団長×令嬢騎士」こと、ハドリーとシャノンの恋物語もまた、ふたりの生い立ちを語るところから始まる。

ハドリーの生家であるレアード伯爵家とシャノンの生家であるオートレッド子爵家は、古くから共同で貿易事業を営む協力関係にある家門だった。両家の後継者は幼いころから交流を持ち、時には縁談を結んで強固な関係を築く間柄だったのだ。

ハドリーとシャノンも、例外ではなかった。物心がついたころから引き合わされ、早々にふたりは婚約関係となった。

ふたりが婚約を結んだのは、ハドリーが十三歳、シャノンが八歳のとき。ハドリーはともかく、幼いシャノンは「婚約」のことをよく理解しておらず、ハドリーを実の兄のように慕っていた。ハドリーもまた、誰よりも自分に懐くシャノンのことを、心から愛おしく思っていた。

そのまま成長すれば、祝福の中で幸せになる、恵まれたふたりのはずだった。

だが、シャノンが十歳になったとき、両家を決定的に決裂させる事件が起こる。

夏の終わりの淀んだ曇天の夜のこと、レアード伯爵とオートレッド子爵夫人が、夜闇に紛れるようにして駆け落ちしたのだ。

両家は直ちに捜索の手を放ったが、彼らが見つかったのは三年後。ミラー伯爵領にある海辺の小さな家の中で、すでにふたりとも帰らぬ人となった後だった。決して許されぬ関係の中で芽生えてしまった愛を追い求め、何もかも捨てて逃げ出した結末がそれだ。

当然共同で行っていた貿易事業は解体、シャノンとハドリーの婚約も白紙に戻った。

そして、妻を奪われ、事業も失ったオートレッド子爵はレアード伯爵家への恨みを募らせ、娘であるシャノンに事件の顛末をこう伝えたのだ。

『お前のお母さまは、レアード伯爵に無理やり連れ去られ、失意のうちに亡くなったのだ』と。

ようやく十三歳になろうかというシャノンは、父のその言葉を信じるしかなかった。いや、その言葉に縋りついて、レアード伯爵家を恨まなければ、心を保てなかっただろう。

一方のハドリーは、伯爵である父とシャノンの母の醜聞を正しく理解していた。オートレッド子爵家に対する複雑な感情はもちろんあったが、それはシャノンを嫌う理由にはなり得なかったのだ。

伯爵家を恨むように仕向けられたシャノンと、変わらずシャノンを愛しているハドリー。ふたりの関係は、シャノンによる拒絶をきっかけに、殺伐としたものに変化していく。決して割り切れぬ過去の輝かしい思い出と、心の根底に残る相手への恋情に苦悩しながら。

ふたりの物語もまた、悪役令嬢エレノア・ロイルの登場で大きく動き出す。

わがままなエレノアはある日、公爵家の権力を笠に着て、騎士団長であるハドリーを自身の専属護衛につけようとする。それも、ハドリーの剣術を見初めたわけではなく、見事な金の髪を持つ彼の王子さまのような見目を気に入った結果だった。

ロイル公爵家の要請を受け、ハドリーは渋々エレノアの護衛を務めることになるのだが、それでもことあるごとに同じ騎士団に属するシャノンとは顔を合わせていた。

だが「護衛騎士は自分の所有物」と考えていたエレノアは、ハドリーを惑わせるシャノンのことが気に食わなかった。そしてある日、シャノンを暴漢に襲わせる計画を立てるのだ。

そして事件が起こる前夜、シャノンとハドリーが顔を合わせる場面があるのだが、ここがハッピーエンドとバッドエンドの分岐点だ。

ここでシャノンが、幼いころハドリーに告げた「あなたは私だけの騎士になって」という言葉を再度口にすれば、ハドリーの手によってシャノンへの襲撃事件は未然に防がれる。

その後ふたりは、互いの母と父が駆け落ち後に住処としていた小さな家を見つけ出す。そこで、シャノンの母の「私は幸せだった」という旨の手記を見つけることで、シャノンはレアード伯爵が一方的に悪いわけではなく、自分の母も合意の上の逃避行だったことを知り、長年の誤解が解ける。それをきっかけにシャノンとハドリーは両家の関係修復を試み、貿易事業を復活させ、ふたりの婚姻をもって両家に新たな縁を結ぶのだ。

ちなみにこの裏では、ハドリーはシャノンを襲わせる計画を立てたエレノアを拷問にかけ、衰弱させたのちに嬲り殺すという見事な復讐を遂げているのだが、それをシャノンが知る日は来ない。シャノンに対しては「お前を狙った人間は始末しておいた。俺はお前の騎士だからな」の一言で済ませ、彼女の前でだけは清廉な騎士であり続ける隠れヤンデレなのだ。

バッドエンドルートは、シャノンがハドリーを拒絶してしまうことによって決まる。

シャノンに拒絶されたハドリーは、別れ際にシャノンに「エルの恋花」を贈り、傷心のままひとり屋敷へと戻るのだが、これによってシャノンの襲撃事件を防ぐことができなくなるのだ。

後日、暴漢に襲われ心身ともにぼろぼろになったシャノンは、ハドリーにたったひとつの願いごとをする。「どうか私を殺してほしい」と。

弱りきったシャノンを前に、ハドリーはこの懇願を受け入れる覚悟を決める。

手に馴染んだ剣でシャノンの命を奪ったハドリーは、まもなくして、自らもシャノンの後を追うように崖から身を投げるのだ。

あまりにも後味の悪い結末なので、このふたりに関してはハッピーエンド以外受け付けていないのだが――

……そもそもシャノンもハドリーも、私の護衛騎士になってしまっているじゃない。

お義兄さまの案内で連れてこられた応接間では、赤みがかった銀髪の令嬢騎士と眩い金髪の青年騎士が跪いていた。作中では、ここで跪いているのはハドリーだけだったはずだ。

……お義兄さまが、シャノンも連れてきたということね。

私としては間近でヤンデレカップルを眺められるわけなので嬉しいことこの上ないが、この変化はなんだろう。なんだかすこしずつ、物語の歯車が狂い始めているような気がしてならない。

「どうした？　気に入らないか？」

お義兄さまの冷ややかな声に、はっと我に返る。慌てて首を横に振って笑みを取り繕った。

「いえ……騎士団長さまに、その補佐官さまなんて……王女さまでもないのに、いくらなんでも手厚すぎる護衛ではありませんか？」

「お前は入浴を口実に逃げ出すようだから、私的な空間まで付きそうためにはオートレッド卿のような女性騎士が必要だろう。そのぶん、外にいるときはハドリー卿が中心となって護衛するよう話を通してある」

……やっぱり相当怒ってるわね。夜中に屋敷を抜け出したこと。

まさかこんなかたちでシャノンとハドリーに迷惑がかかることになるとは思ってもみなかった。だが、連れてこられてしまったものは仕方がない。

……私の目の前に現れたからには、幸せになってもらうわよ。シャノン、ハドリー。

このふたりをハッピーエンドに導くためには、要はミラー伯爵領にある彼らの母と父の隠れ家を見つけ出せばいいのだ。その中にある「オートレッド子爵夫人の手記」さえ見つかれば、誤解が解けて、ふたりは以前のような幸せな幼馴染に戻れるはずなのだから。

……そうと決まったら、やり遂げなきゃね。

新たな目標を胸にしまい込みながら、跪くふたりの前にしゃがみ込む。ふたりとも、ぎょっとしたように私を見ていた。

「レアード卿、オートレッド卿、夏の間だけですがよろしくお願いいたしますね」

にこりと笑いかければ、ふと、シャノンの手が私に差し出された。

「ロイル公爵令嬢、お嬢さまがそのように床にかがみ込むものではありません。どうか私の手を」

シャノンは淡々とした口調で私の手を取ると、引き上げるようにしてともに立ち上がった。その拍子に軽くよろめいて、彼女の胸に顔が当たってしまう。小柄な私では、同じ年ごろの女性であるシャノンとずいぶん身長差があるらしい。

「あ……ごめんなさい、オートレッド卿。どうも、ありがとう」

シャノンは深い赤の瞳で私を一瞥すると、ごくわずかに唇を歪めた。そのどこか不敵な笑みに心臓を射抜かれる。

……す、すてきだわ。同性でも恋に落ちてしまいそう！

思わずシャノンのすっきりと整った顔立ちに見惚れていると、背後から伸びてきた手に無理やり引き剥がされた。

「お義兄さま……？」

どうやら私をシャノンから引き剥がしたのは、お義兄さまらしい。首を後ろに傾けて彼の顔を見上げれば、彼はどこか苛立ったように私を見下ろしていた。

「……お前はいつもそうだが、あまり他人に体を密着させるな」

そんなふうに言われるととんでもない痴女のようで聞き流せないが、ルシアさまの背中を押すために王太子殿下に体を密着させた前科もあるため、何も反論できない。

「わかりました。くっつくのは、お義兄さまだけにいたしますわ！」

そう言ってくるりと体の向きを変え、彼の腕にしがみつく。ぎゅう、と力を込めて抱きしめると、呆れたような溜息が頭上から降ってきた。

「言ったそばからこれか……」

「お義兄さまならいいでしょう？」

どうやら嫌われてはいないようだから、もうすこし距離を縮めたいと思っていたところだ。お義兄さまは諦めたように私を見下ろして、それ以上何も口にすることはなかった。

……お義兄さまからは、決して振り払わないのよね。

その優しさが、なんだかくすぐったい。どこまで許されるのか、もっと試してみたくなってしまう。

「ロイル公爵令嬢は、ルーク殿とずいぶん仲がよろしいのですね」

シャノンの隣に並び立ったハドリーが、微笑ましいものを見たと言わんばかりに頬を緩める。さりげなくシャノンが嫌そうにハドリーとの距離をとっているあたり、徹底していた。

「ええ、自慢のお義兄さまですもの」

ね、と同意を求めるようにお義兄さまを見上げれば、とうとう無視されてしまった。このそっけないところも、今となっては嫌いではない。

……ミラー伯爵領にいる間は離ればなれになると思うと、なんだか寂しいくらいだわ。

「お義兄さま、私、夏の間お手紙をたくさん書きます。……きっと、読んでくださいね」

ずっと逸らされていた紺碧の瞳が、すっとこちらに向けられる。相変わらず表情は変わらないが、代わりにいちどだけくしゃりと頭を撫でられた。

思わず彼の腕に抱きついていた手を解いて、たった今触れられた頭に自らの手を重ねた。お義兄さまに触れられると、やっぱりくすぐったい。

「夏の間、義妹を頼む」

お義兄さまはふたりの騎士にそれだけ告げると、応接間から出ていってしまった。

お義兄さまと離ればなれの夏が、今、幕を開けようとしている。

◇

『ルークお義兄さま、お元気ですか。ミラー伯爵領に来て、まもなく一週間が経ちます。従妹のリリアーナとともに毎日海辺を散歩して、お喋りに花を咲かせる毎日です。昨日はお義兄さまの瞳の色のような美しい紺碧の貝殻を見つけて、思わず持ち帰ってしまいました。ささやかなものですが、海の便りがわりに、この手紙に同封いたします。

お義兄さまにつけていただいたシャノンさまとハドリーさまはよく働いてくれています。険悪な雰囲気ながら、振りきれない恋情に悶々とするふたりを眺めるのはもどかしいですが、この日々がハドリーさまの病みを深めているかと思うと正直おいしいです。特に、ハドリーさまがシャノンさまを見つめる切なくて熱っぽい瞳の昏さといったらもう！　あの歪んだ熱にシャノンさまは気がつかないのでしょうか。ハドリーさまは、シャノンさまが私の手を取っているだけで嫉妬するように表情を翳らせるのですよ。自分以外の誰にも触れさせたくないという独占欲をひしひしと感じて、こちらがぞくぞくしてしまいました。もっと見ていたい。見ているだけで何斤でもパンを食べられます。

ああ、そうそう、私の従妹のリリアーナは四番目のヒロインでした。「青年従者×伯爵令嬢」の身分差ヤンデレカップルです。従者のウィルはリリアーナを女神か何かのように思っていて、いつでも恍惚のまじった崇拝のまなざしで彼女を見つめています。おそらく彼は、リリアーナに言われたことならなんでもやり遂げてしまうタイプのヤンデレです。命を絶てと言われたら喜んで彼女に命を捧げるでしょう。リリアーナもリリアーナで、それを快く感じているようで、お似合いのふたりです。主従ヤンデレってすてきですね、お義兄さま。一見歪んだ関係でもふたりだけで世界が完結していれば、それだけで美しい恋ですものね。バッドエンドでは心中してしまうふたりなので目を離せませんが、今のところ幸せそうに笑っています。必ずや、この滞在中に二組のヤンデレカップルをハッピーエンドに導いて――』

「――って、だめだめ！　お義兄さまへのお手紙なのに……！」

令嬢らしい文面から一転、無意識のうちにヤンデレについて語り始めてしまった手紙を、慌てて破り捨てる。こんなの、絶対に届けるわけにはいかない。ついにおかしくなったと思われるに決まっている。

「お嬢さま、どうしました」

部屋の隅で待機していたはずのシャノンが、いつの間にか背後を陣取ってこちらの様子を窺(うかが)っていた。お義兄さまの命令通り、彼女は私の私的な空間を中心に護衛してくれており、私がすこしでも物音を立てるだけで飛んでくるのだ。

「あ……シャノンさま、なんでもないの。お義兄さまへのお手紙がうまく書けなかっただけ」

破り捨てた手紙の文面を見られないようにかき集めながら、誤魔化(ごまか)すように笑った。ヤンデレについて熱く語りすぎていただなんて、とてもじゃないが言えない。

「そうですか。……ルーク殿は、お嬢さまからのお手紙ならばどんな文面でもお喜びになるのでは？」

大真面目に告げるシャノンがなんだかおかしくて、思わずくすくすと笑ってしまう。

「ふふ、私とお義兄さまがそんなに仲良しに見える？」

「み、見えます……！」

ふと、窓辺で花を生けていたレインが、たどたどしく会話に参加してきた。鮮やかな黄色のひまわりを両手に握ったまま、わずかに頬を赤らめて彼女は続けた。

「このところのお嬢さまとルークさまはとても仲がよろしくて……私、見ていて嬉しいです。お嬢さまも、ルークさまも、以前よりお幸せそう……」

はにかむようにレインは笑って、それからはっとしたようにひまわりを生ける作業を再開した。以前はこんなふうに話しかけてくれることなどなかったから、嬉しい変化だ。

……でも、お義兄さまのヒロインであるレインが、そんなことを言ってしまっていいのかしら……？

お義兄さまとレインの恋物語は、一向に始まっている気配がしない。それどころか、直接言葉を交わしているところを見たことがない。私の知らないところでふたりきりで会っているのだろうか。

「レインは、お義兄さまのことなんとも思わないの？」

「なんとも、とは……？　お嬢さまの義兄上として、尊敬しておりますが……」

レインは質問の意図がわからないとでも言うように、おずおずと肩を縮めた。気づかないふりをしているわけではなさそうだ。

「その、尊敬とかではなくて……お義兄さまのこと、好きじゃないのかなって……。つまり、恋愛的な意味よ」

「そ、そんな！　恐れ多いことです！　そのような不埒な思いを抱いたことなど、天使さまに誓っていちどたりともございません……！」

レインはかわいそうなくらいに青ざめて首を横に振った。なんだか私がいじめているみたいな構図になってしまった。

……本当に、微塵も色っぽい気配がないわね。

またひとつ、物語の歯車が歪む音を聞いた気がする。夕焼けを覆う分厚い雲のような、暗澹とした不安が胸の奥に込み上げた。

「なあに？　恋のお話をしているの？　わたくしもまぜてちょうだい！」

ふわりとした甘い声に、はっと我に返る。室内にはいつのまにか、真っ白な髪をふわふわと靡かせたかわいらしい少女の姿があった。

「リリアーナ！　支度はできたの？」

ミラー伯爵邸に滞在して一週間。今日は夏の祝祭が開催される日で、街には出店が並ぶという話を聞き、リリアーナとともに出かける約束をしていたのだ。

リリアーナは真っ白な髪に橙色のリボンを飾りつけ、夏らしい純白のワンピースを纏っていた。片手にはワンピースに合わせた白い帽子も持っている。海辺に領地を構えるミラー伯爵家らしい、軽やかでありながら気品のある装いだった。

「ええ！　ウィルも連れていくから、ばっちり支度をしてきたのよ」

リリアーナはその場でくるりと回ると、スカートをふわりと靡かせた。

「ウィル、かわいいって言ってくれると思う？」

「きっとあなたを褒めちぎるわ。彼は素直だもの」

リリアーナとウィルもまた、「狂愛の恋花」のヤンデレカップルに当たるふたりだ。

彼らの物語は、夕暮れの海辺で、幼いリリアーナがウィルを拾うところから始まる。

ある日、ウィルはひとりぼっちで波打ち際で倒れているところをリリアーナに発見され、ミラー伯爵家に保護される。ところが、ウィルにはそれまでの記憶がなく帰る場所もないため、そのままミラー伯爵家でリリアーナの従者として働くことが決まるのだ。

年が近かったふたりは、主従の関係というよりも、まるで親友のような近しい関係で、幼少期を過ごした。やがて年を重ね、表向きは主従の関係として振る舞うようになると、いつしかふたりの心には、新たな感情が芽生え始めた。主従の関係では許されない、淡く切ない初めての恋情だ。

リリアーナもウィルも、互いが互いを想いあっていることに何となく気づきつつも、決してそれを言葉にはしない、もどかしい日々を積み重ねていく。

リリアーナはともかくとして、その葛藤の日々の中でウィルはすこしずつすこしずつ仄暗い想いを募らせていった。いつかこのままリリアーナを誰かに奪われるくらいならば、いっそ、ふたりで心中してしまいたい、と背徳的な未来を夢見るようになるのだ。

やがて、リリアーナが十七歳になった夏の終わり、リリアーナに縁談が持ち上がったのがきっかけで、ふたりの物語は大きく動き出す。

リリアーナの年を考えればごく自然なタイミングだったが、互いを想いあうリリアーナとウィルにとってはこの上なく絶望的な知らせだった。リリアーナは婚約に難色を示すも、ミラー伯爵家の面々を説得することはできず、すこしずつ縁談は進んでいく。

ふたりの物語の分岐点は、鮮やかな夏の終わりの日。徐々に日が短くなって、すこし涼やかな風が吹き抜けるようになるころ、ふたりは選択を迫られる。

夏の終わりまでに、ふたりが自分の想いを言葉にして、心が通いあっていることを確かめることができれば、物語はハッピーエンドに向かって進み出す。

ウィルの特徴的な夕焼け色の瞳から、彼が王国で有名な商会主夫妻のひとり息子であることが判明し、生みの父親が男爵位を授かったことをきっかけに、リリアーナとの結婚が認められるのだ。ありがちな展開ではあるが、まさにハッピーエンドと呼ぶにふさわしい。

リリアーナと対等な関係となったウィルは、今まで我慢してきたぶん、ここぞとばかりにリリアーナに独占欲を発揮するようになっていく。それこそ、多少の病みを窺わせるほどに。リリアーナもそれを喜んで受け入れるため、本当に似合いのふたりだ。ウィルの病んだ独占欲とそれを受け入れるリリアーナの寛容さが、このカップルのおいしいところなのだ。

ふたりの心が通いあった確証を得られなかった場合、ふたりはバッドエンドに進むことになる。

終わりの舞台は、ふたりが幼少期からともに過ごした美しい海。ウィルは「エルの恋花」の花びらで作った指輪をリリアーナに贈ると、彼らは手を繋ぎ、微笑みあいながら、星空との境界を失ったような夏の終わりの海に沈んでいくのだ。有り体に言えば、心中エンドとでも表現すべきだろうか。

ただ、このシナリオでもふたりは最後まで心底幸せそうにしているため、この結末をメリーバッドエンドと捉える人もすくなくなかった。

ちなみに私は、このふたりの物語に関しては、ハッピーエンドよりバッドエンドのほうが好きなくらいだ。これは何より美しいメリーバッドエンドである、と盲信していた気がする。

だが、実際に生きた命があるこの世界で、みすみすかわいい従妹とその想い人を死なせるわけにはいかない。このふたりに関しても目指すべき結末はハッピーエンドだ。

……つまり、ふたりをハッピーエンドに導くためには、ウィルの生家である商会を特定すればいいということよね。

ミラー伯爵領滞在中にやるべきことは「シャノンとハドリーの母と父の住処だった家を探すこと」と「ウィルの生家が運営する商会を特定すること」だ。のんびり海の美しさを謳歌していられるのも今日くらいまでかもしれない。

……今日のミラー伯爵領の祝祭には大勢の人がやってくるから、何か手がかりが得られるかも。

「せっかくの祝祭だもの、シャノンさまもレインさんも、おしゃれしましょう？　わたくし、かわいいリボンをたくさん持ってきたのよ！」

気づけばリリアーナはシャノンとレインを姿見の前に連れていき、彼女たちの髪にリボンを合わせていた。着飾ることに慣れていないらしいふたりは、あたふたしている。

「リリアーナさま……私は、使用人の立場ですので……」

「ミラー伯爵令嬢、私もレインと同じ意見です。護衛の身に装飾品は不要かと。特に近ごろは、人攫（さら）いが出るとの噂もありますから、気を引きしめて任務に臨まねば……」

「お堅いこと言わないで、ね？　ふたりとも、よく似合いそう。そうでしょう、エレノア！」

……確かにたまのお祭りくらい、ふたりにも立場を忘れてほしいわね。

私も姿見の前に歩み寄り、リリアーナからリボンを受け取った。なんとはなしに鏡を覗き込んで、はっと息を呑む。

……か、かわいいが集まりすぎているわ……！

思えばここには「狂愛の恋花」のヒロインが三人も集まっているのだ。彼女たちの圧倒的なかわいさ、美しさを前に、思わず目眩（めまい）を覚える。

「眩しすぎて目がおかしくなりそう……」

「だ、大丈夫、ですか？　すぐに帽子を用意いたします！」

「確かに日差しが強いですね。お嬢さまは日陰を歩くようにしてください」

「わたくしの日傘も貸してあげるわ」

三者三様に見当違いな返事をしてくれるところも、自分の美しさに鈍いヒロインらしくて大変おいしい。これはヤンデレたちも命を賭して守りたくなる愛らしさだ。

「いいの、大丈夫よ。こっちの事情だから」

心を落ち着かせるべくいちどだけ深呼吸をして、レインの背後を陣取る。

「レイン、今日は私があなたの髪を結んであげるわ。どの色のリボンがいい？」

リリアーナが持ってきた色とりどりのリボンに視線を誘導するも、レインは慌てて首を横に振った。

「そんな……！　お嬢さまのお手を煩わせるなんて……！」

恐縮するレインの横では、リリアーナがシャノンに琥珀色のリボンをくりつけていた。ハドリーの瞳の色だ。たった一週間の滞在でも、彼女はシャノンとハドリーの複雑な関係を見抜いているらしい。

……レインも、お義兄さまの瞳の色がいいかしら。

「ほら、この紺碧のリボンなんてどう？　あなたの灰色の髪によく映えるわ」

レインの気持ちをすこしでもお義兄さまに誘導する意図も込めて、鏡越しに彼女の髪にリボンを合わせるも、レインは頬を赤らめて視線を泳がせた。

「あ……あの、それなら、私……薄紫のリボンがいいです……」

「薄紫？　あなたの好きな色なの？」

レインはいつもお仕着せを着ているから、彼女の好きな色はまるで見当がつかなかった。言われた通り薄紫のリボンを手にして彼女の髪に合わせれば、レインは視線を伏せたまま声を絞り出した。

「……お嬢さまの瞳の色と、同じですから」

「……っ」

それは、レインからの好意を感じるには充分すぎる言葉だった。いつの間に彼女は、そんなにも私に心を許してくれたのだろう。

「あ……そ、そう。いいわ、つけてあげる」

妙に照れてしまって、まるで以前のわがままな私のような口調になってしまう。さらさらとした灰色の髪を上半分だけ手に取って、後ろでゆるくまとめてリボンを結いつけた。

「……どうかしら」

レインの顔を傾けて、鏡越しに後ろで結んだリボンが見えるようにした。レインは顔を真っ赤にして、何度も頷く。

「ありがとうございます、お嬢さま。すごく……嬉しいです」

……そういう顔はお義兄さまにしてほしいけれど、悪い気はしないわね。

思わずふっと笑って、レインから離れる。隣では、リリアーナにリボンをつけてもらったシャノンが、どこか気恥ずかしそうにひとつに結い上げた髪に触れていた。

「せっかくだし、エレノアもいつもと違う色のリボンにしたら？」

そう言って、リリアーナが紺碧のリボンを手にする。お義兄さまの瞳の色だ。

「きっとお似合いです、お嬢さま」

レインが嬉しそうにリリアーナの提案に乗るものだから、なんだか断れなくなってしまった。おとなしく、リリアーナにリボンを結び直してもらう。

……いつまでもこの色を纏うわけには、いかないのだけれど。

今は、許されるだろうか。お義兄さまとレインの恋物語が始まるまでの、すこしの間だけは。

「かわいくできたわ！　さあ、行きましょう！」

リリアーナの一声で、色とりどりのリボンを飾りつけたヒロインたちが移動していく。私も鏡越しにリボンの紺碧を目に焼きつけてから、彼女たちの後を追った。

◇

「見て、ウィル、とってもかわいい飾りだわ」

「本当に、お嬢さまのために作られたかのような可憐さです」

私の数歩先では、リリアーナと彼女の専属従者であるウィルが、仲睦まじく会話に花を咲かせていた。街の大通りにずらりと並んだ出店を見ては、他愛もない話をするリリアーナの一言一言に、ウィルは大袈裟なほど真摯に答えている。

ウィルにとってリリアーナは、自分に居場所を与えてくれた救世主であり、誰よりも自分を慈しんでくれたかけがえのない存在なのだろう。好意を超えて崇拝の域に達したウィルの感情は背中からもにじみ出るようで、見ているだけでにやけてしまいそうだ。ヤンデレの愛は重ければ重いほどいい。

「この会話だけでパンを三斤は食べられるわ……」

ふたりの姿を背後から見守りながらだらしなく頬を緩めていると、隣を歩くレインがわずかに小首を傾げた。

「パン、でございますか……？　普通のパンは売っているでしょうか……」

レインはきょろきょろと出店を見渡しながら、私の独り言を真剣に叶えようとしてくれる。

「いいのよ、レイン。……向こうも向こうでいいわね」

ちらりと背後を窺えば、不自然に視線を逸らしながら歩くシャノンと、その隣に並び立ち時折シャノンの様子を気にするハドリーの姿があった。

「今日は珍しく装飾品をつけているんだな」

ハドリーの指摘に、シャノンは彼を見向きもせず淡々と答える。

「どうせ似合わないとでも思っているのだろう。わざわざ指摘するな」

ぶっきらぼうなシャノンの物言いに、ハドリーはわずかに傷ついたように儚げな笑みを浮かべた。

「……かわいいと思った。心から」

「っ……お前に言われても何も嬉しくない」

「そうだろうな。……悪い」

……ああ、もどかしい！　もどかしいけどいいわ!!

殺伐とした空気を醸し出すシャノンと、それに傷つきながらも彼女にまっすぐな感情をぶつけるハドリー。ケンカップルとしても大変おいしいが、こんなにも清廉な騎士らしいハドリーの裏の顔が残忍なヤンデレだと思うと、うずうずしてじっとしていられなくなりそうだ。

……前を見ても後ろを見てもヤンデレ！　隣にはまもなくヤンデレに愛されるヒロイン！

まさに、両手に花ならぬ両手にヤンデレだ。天国にだって、ここまでの幸福は存在しないだろう。

ここが私の楽園なのだと、指を組んで思わず誰ともなしに感謝を捧げた。

「ねえ、ウィル！　向こう側にもお店があるわ。行ってみましょう？」

「あ、お嬢さま……！」

ふと、数歩先を歩いていたリリアーナとウィルが大通りから外れた裏路地へ姿を消す。私たちも続いて建物の隙間に伸びる細い道に足を踏み入れた。

大通りに近いところにはぽつぽつと出店が並んでいるが、建物の陰になっているせいか、どこも薄暗く不気味なほどひんやりとしている。なんだか、あまり長居はしたくない場所だ。

「お嬢さま……用がなければ大通りへ戻りましょう」

シャノンも同じことを思ったようで、背後から耳打ちしてきた。

……そういえば、ミラー伯爵領では近ごろ人攫いが出ると言っていたっけ。

シャノンからの報告には、そんな話もあった気がする。だからこそ、いつも以上に気をつけなければならないと、よくよく言い含められたのだ。

「そうね……。ねえ、どちらかリリアーナを連れ戻してきてあげて。ウィルがついているから大丈夫だとは思うけれど……」

「はい、俺が見て参ります」

ハドリーはさっそく、リリアーナとウィルの後を追うように足早に駆け出した。どこかで曲がってしまったのか、ここから視認できる範囲にふたりの姿はない。

「お嬢さまもお早く。レインも離れぬように」

シャノンは私の肩を抱いて、大通りに向かって歩き出す。だが、すぐに大きな黒い影に行く手を阻まれてしまった。

「これはこれは麗しいお嬢さん方。こんな裏路地をうろつくなんて不用心だな」

大柄で、粗暴な印象を受ける男だった。とてもじゃないが、出店の主人には思えない。

「お嬢さま、こちらへ」

シャノンに肩を抱かれたまま、入り組んだ路地を足早に曲がる。先ほどの男が、ゆっくりと後を追ってくるのがわかった。それも、足音からしてひとりではない。

「レイン、手を」

「は、はい」

万が一にも離れるわけにはいかない。私の後ろをちょこちょことついてきていたレインの手を掴み、隣を歩かせる。

角を何度も曲がり、あとひとつ曲がれば大通りというところで、進行方向から別の男たちが現れた。このままでは挟み撃ちになる。シャノンは苦渋の決断といわんばかりに表情を歪め、大通りとは反対方向へ進む曲がり角を曲がった。

「お嬢さま、レイン。走れますか」

「ええ」

「は、はい！」

シャノンの声に合わせてレインの手を握ったまま駆け出す。ごつごつとした石畳の地面のせいで、懸命に走ってもさほどの速さは出なかった。

「きゃっ」

石畳に足を取られたのか、レインが転んでしまう。彼女は転ぶ寸前に私の手を離したようで、転んだ衝撃で両手を擦りむいていた。

「レイン！」

慌ててレインのもとに駆け寄って初めて、追手がすぐそこまで近づいていることに気がついた。思わずレインの体をぎゅう、と抱きしめ、無理やり立たせる。

……誰かわからないけど、捕まったら絶対にろくなことにならないわ。

「お嬢さま……私のことはいいですから」

「馬鹿言わないで。こんなところで捨てるなら、最初から拾わないわよ！」

レインを庇うように立ち上がったそのとき、シャノンが剣を片手に追手の前に立ち塞がった。そして驚くほどの身軽さで剣を振り下ろすと、ぱっとあたりに血飛沫が舞う。

「お嬢さま、レインを連れて大通りへ。レアード卿と合流して、まっすぐに屋敷へ帰ってください」

「シャノンさま……！」

シャノンをひとり残して逃げられない、と言いたかったが、ここにいても足手まといになるだけだ。男たちの狙いが誰なのかはわからないが、ここはシャノンの言う通り逃げたほうがいいのだろう。

「すぐにハドリーさまを呼んでくるわ。待っていて！」

再びレインの手を掴み、力の限り走り出す。大通りからはそれほど離れていないはずだ。明るいほうを目指して、懸命に足を動かす。

「お嬢さま、ごめんなさい……！　私のせいで……」

「何を謝っているの。今はとにかく戻ることだけを考えて！」

大通りまでは近いと思っていたが、路地が入り組んでいるせいでなかなか思うように進めない。体力も限界が近づいていた。

「次は……どっちかしら」

血の味のする息を切らして、あたりを見渡した。

「あちらのほうから大勢の人の声がします。向こうへ進みましょう」

レインの言う通り、賑やかな声が響く通りがあった。そちらが大通りに近いのだろう。

「……行きましょう」

肩で息をしながら、再び走り出そうとした、その瞬間――

「――これは、ふたりともずいぶんな上玉だな」

背後から、筋肉質な腕に羽交いじめにされる。レインと繋いでいた手は、あっけなく解けてしまった。

「レイン!!」

「お嬢さま！」

レインの背後にも、私と同様に彼女を取り押さえる男の姿があった。どうにかもがいて彼女を助けようとするも、私の体を押さえつける腕はびくともしない。

「見かけによらずおてんばなお嬢さまだな。おい、薬はあるのか」

「はい、ここに」

男の背後には、他にも何人か控えているらしい。とうてい逃げ出せる展望がなく、さっと血の気が引いていく。

「やだ！　レイン！　レイン！」

「お願いです、その方だけは逃がして！　逃がしてくださったら、私はおとなしくついていきますから!!」

レインは泣きじゃくりながら懇願していた。だが、彼女がどれだけ暴れても、男たちは微塵も意に介していないようだった。

「ひとまず口を塞いでおけ」

その一声で、背後から布を噛ませられた。どれだけ大声を出しても、くぐもった小さな声にしかならない。絶望が、ひしひしと押し寄せていた。

「おい！　騎士が追ってきたぞ！」

「なんだと……？　あの数を倒したのか？」

男たちに明らかな動揺が広がる。一瞬の静寂ののち、私を押さえつけた男が命令した。

「二手に分かれろ。騎士を撒け」

「は！」

一斉に、男たちが駆け出す。その背後から、軽やかな足音が近づくのがわかった。

……シャノン、来てくれたのね。

ああ、でも、頼むから私を優先しないでほしい。レインを、お義兄さまの最愛となる人を、必ず助けてあげてほしい。

……それに比べ、私はただの悪役令嬢だもの。舞台上にはいなくてもいい存在よ。

その願いが通じたのか、駆け出した男たちが角を曲がる寸前、シャノンが二手に分かれた男たちのどちらを追うべきか一瞬迷った末に、レインを捕らえた男たちを追う姿が見えた。それを見て、ほっと体の力が抜ける。

……そう、それでいいのよ。

口を押さえつけられた息苦しさからか、安堵したせいか、どちらとも知れぬ涙が一粒こぼれ落ちる。涙の粒が頬を滑り落ちていく感触を最後に、私は深い夢の中へ誘われていった。

◇

「どうして？　どうしてよ！　なんでセシルは動かないの!!」

冷たくなった小鳥を胸に抱きながら、怒りに任せて金の鳥籠を床に叩きつける。目の前では、まだ幼いレインが、びくびくと怯えながら縮こまっていた。

「お嬢さま、ごめんなさい。ですが、セシルはもう……」

「うるさいわ！　うるさいうるさいうるさい！　セシルを動かしてよ！」

泣きじゃくりながら、小鳥を抱きしめて絶叫する。大きな窓からは青白い月光が差していた。

ああ、これは、私がレインを拾ってまもないころ、ようやく十歳を過ぎようとしている幼い日の記憶だ。

この日、三年ほど飼っていた金糸雀(カナリア)のセシルが死んでしまった。私なりにかわいがって、毎日欠かさず餌(えさ)をやっていた、鳴き声の美しい小鳥だった。

その小鳥が死んでしまった事実を受け入れられなくて、私はこうしてレインに八つ当たりをしたのだっけ。今思えば、悪いことをしてしまった。レインには、なんの非もないのに。

「なんの騒ぎだ」

鳥籠を床に打ちつけた音は屋敷中に響いたようで、真夜中にもかかわらずお義兄さまが姿を現した。月影の中に佇(たたず)む彼の姿は、普段よりいっそう冷たく思えて、ますます涙があふれてしまう。

お義兄さまは、床に落とされ壊れた鳥籠と、その前で床に崩れ落ち肩を震わせるレインを見て、大体のことを察したようだった。

「お前は下がれ」

「は……はい」

お義兄さまの一言で、レインは逃げるようにその場から去っていく。後に残されたのは、死んでしまった小鳥を抱きしめる私と、冷たいまなざしでこちらを見つめるお義兄さまだけだ。

「十歳にもなって死を理解できないとは思えないが、単に使用人をいびりたかっただけか?」

思いやりのかけらもない、氷のような言葉だ。ずくり、と胸が抉(えぐ)られる。彼の紺碧の瞳は、私への感情などひとかけらも映していなかった。

「……セシルは、セシルは私のたったひとりの家族ですもの！　お義兄さまなんかより、ずっと！　お義兄さまには……わからないわ」

それだけ言い捨てて、私は小鳥を抱いたまま部屋を飛び出し、真夜中の庭に出た。そして泣きじゃくりながら、美しい薔薇の生垣の根もとにセシルを埋めたのだ。

お義兄さまが一羽の金糸雀を買ってきたのは、その翌日のことだった。

「以前飼っていたものとなるべく似たものを探してきたつもりだ」

お義兄さまが、何を言っているのかわからなかった。セシルを失って悲しんでいる私に、その小鳥をセシルの代わりにかわいがるように言っているのだろうか。

「そんなの……いりませんわ。家族の代わりはどこにもないこと、お義兄さまがいちばんよくご存知でしょう？　そんなものをかわいがるくらいなら、私はひとりぼっちでいい」

今にして思えばその発言は、両親を失って公爵家に引き取られたお義兄さまに告げるには、酷な言葉だったかもしれない。加えて、お義兄さまは私の家族ではないと、遠回しに告げているようなものだったのだから。

結局その金糸雀は、お義兄さまがご自分の部屋で二年ほど飼って、セシルと同じように月夜に死んだそうだ。その間、お義兄さまがどんな気持ちでその小鳥を飼っていたのかはわからない。

ただ、セシルを埋めた薔薇の生垣の根もとに、お義兄さまがその小鳥を葬る姿を見たときに、どうしてかひどく胸が痛んだのを覚えている。

……お義兄さまはきっと、彼なりに、私を元気づけようとして小鳥をくれたのよね。それなのに、私はなんてひどいことを。

お義兄さまには嫌われているものだと思い込んでいたが、今なら見逃してきた彼の不器用な優しさが不思議なくらいはっきりとわかる。私は何年間もずっと、彼の親切も心配も無下にしてきたのだ。

……お義兄さま、会いたいわ。

揺らぐ夢の中では、彼の顔がはっきりと見えない。手を伸ばしても、あのひんやりとした指先には一向に届かない。

……もういちど、ちゃんと伝えたいのに。

私のひとりぼっちは、あなたのおかげで終わったのだと。

目いっぱいの笑みで、伝えなければいけないのに。

◇

「っ……」

ずきずきとした手首の痛みで、今日も目を覚ます。かびの臭いが立ち込める粗末な地下牢の中、手首に巻きつけられた鎖がしゃらしゃらと音を立てた。

ここに来て、何日が経っただろう。薄暗い牢の中では、だんだんと日付の感覚が失われてしまう。

逃げ出そうと無理やり足掻いたせいで、手首も爪もぼろぼろだった。魔術研究院で負った右手の傷も開いてしまっている。水も食事もろくに与えられないせいで、今ではもう逃げ出そうとする気力も体力もない。

……このままじゃ、まずいわ。

ここに連れてこられたその日、ここが人身売買を生業とする組織であることを悟った。ミラー伯爵領で多発していた人攫いは、彼らによる犯行だったのだ。

『結局戦利品はあの女だけか！　夕焼け色の瞳をした男はどうした！』

『捕らえる寸前まで行ったのですが、騎士に阻まれまして……』

『あいつにいくらの懸賞金が出てるか知らねえのか！　役立たずめ！』

そんな暴言とともに、何かを殴るような鈍い音が聞こえてきた。倫理も常識も欠如した、裏側の世界なのだと思い知ったものだ。

……それにしても、夕焼け色の瞳の男ね。

それは間違いなく、ウィルのことを言っているのだろう。彼の家が運営する商会は、懸賞金を提示して裏社会の協力を得てまで、行方不明のひとり息子を捜し出したいらしい。

……この組織を摘発できたら、その情報も手に入りそうで一石二鳥なのだけれど。

ウィルの身分を明らかにできれば、彼はリリアーナと幸せになれるのだから。

ヤンデレカップルの行く末を案じている場合ではないことは百も承知だが、この薄暗い牢の中ではハッピーエンドについて考えないと気が滅入ってしまう。

……私以外の誰も捕まらなくてよかった。

彼らはみんな、誰かの愛する人なのだから。彼らが捕まってしまえば、身を引き裂かれるような悲しみを覚える人がいるのだ。

……まあ、私も、おとなしく売られる気はないけれど。

まだ私には、ハッピーエンドに導かなければならないカップルが三組も待っているのだ。売られておとなしく鎖に繋がっているわけにはいかない。

逃げ出すとしたら、私が誰かに売り飛ばされここを出ていく瞬間しかないだろう。

……うまくいくかしら。

うまくいかなかったらどうなるかなんて、わずかにでも考えただけで胸が押し潰されそうだ。思わず俯いて余計な思考を追い出そうとしたそのとき、乱れた髪からはらりとリボンが落ちてきた。

祝祭に出かけた朝、リリアーナに結んでもらった紺碧のリボンだ。お義兄さまの瞳と、同じ色。

「っ……」

思わず、じわりと目頭が熱くなる。先ほどまでお義兄さまの夢を見ていたせいか、なんだか心が弱くなってしまっていけない。寂しいなんて思ったら、立ち上がれなくなるほどつらくなってしまうに決まっているのに。

その瞬間、鉄格子の向こう側から黒く長い影が伸びていることに気がついて、はっと顔を上げた。

そこには、毎日少量の水と硬いパンを運んでくる牢番の男がいた。

「なんだ、泣いてんのか？　安心しろ、今日でそこから出られるぜ」

「え……？」

男は、下卑(げび)た笑みを浮かべて鉄格子の隙間からこちらを覗き込んできた。

「お前を買いたいという『お客さま』がいらしたからな」

どくん、と心臓が跳ね上がる。数日ぶりに牢の鍵が開けられるのがわかった。

「さあ来い、『ご主人さま』とのご対面だ」

◇

裸足(はだし)のまま、冷たい石畳の上をぺたぺたと歩く。数日ぶりに立ち上がったせいか、ふらふらとして足取りがおぼつかない。

「おい、さっさと歩け！」

両手首を束ねるように巻きつけられた鎖は、牢番の男が引いていた。すこしでも遅いと鎖を引かれてしまうため、擦りむけた手首の傷がじくじくと痛む。

……客に引き渡される前に、どうにか逃げないと。

いざというときの体力を温存するために、殊更にのろのろとした足取りで歩いた。逃げ出す好機は、きっといちどきりだ。

石畳の廊下の曲がり角から、ふと、襲撃の際に見たことのある男が現れる。男は牢番と顔見知りなのか、気さくな雰囲気で話をし始めた。

「ああ、その女、今日引き渡しなのか。いったいいくらで売れたんだ？」

「それはこれからの交渉次第だ。まあ、見目が抜群にいいからな、期待できる」

牢番は立ち止まって、その男と談笑をし始めた。私にはまるで注意が向いていない。

……今なら、もしかして逃げ出せる？

行くしか、ないだろう。瞬時にそう判断して、私は全力でその場から駆け出した。

男は鎖を素手で握っていただけだったため、私が走り出した拍子に鎖はするりと男の手を抜けた。

じゃらじゃらと鎖の音が鳴るのは厄介だが、もうすこし追手との距離を稼いでから、どこかで身を隠して解くしかない。

「っおい！　待て！」

「商品が逃げたぞ！　追え！」

裸足（はだし）のまま、必死に石畳の廊下を駆け抜ける。男たちの声がけたたましく響き渡り、次々と追手が増えるのがわかった。捕まるのは、時間の問題だ。

……あの角を曲がって、どこかに身を隠さなきゃ。

息を切らしながら、必死に走り続ける。手首に巻きついた鎖はひどく重たかった。

そうして、角を曲がろうとしたそのとき——

「っ……！」

がしゃん、と鎖が派手な音を立てて揺れる。角を曲がる拍子に、人とぶつかってしまったのだ。

……終わった。

すっと、血の気が引いていく。ぶつかった人物の影の中で、逃げられないほどに腰を強く抱かれてしまった。

「やっ……！　離して……！」

鎖をじゃらじゃらと揺らしながら、私を捕らえた人物の胸を叩いたそのとき、相手の顔を見てはっとした。

……どう、して？

怖いほど整った顔立ちと、星空を切り取ったかのような紺碧の瞳。

息ができなくなるほどの衝撃を覚えた。

……どうして、お義兄さまがここに？

状況を把握できないでいると、背後から牢番たちが駆けつけてきた。

彼らはお義兄さまの姿を見るなり、ほっとしたように表情を緩ませる。

「ああ、お客さま。申し訳ありません。そいつが本日引き渡す商品でございます。この期に及んで逃げ出そうとするなんて、なかなか強気な女でしょう」

……お義兄さまが、私を買おうとしている「お客さま」なの？

全身から、ふ、と力が抜けていく。

助けに、来てくれたのだ。お忙しいはずなのに、わざわざこの組織の拠点を割り出して、私を助けに来てくださったのだ。

あまりの安堵にぽろぽろと涙があふれ出す。今すぐお義兄さまに抱きつきたい衝動に駆られた。

「いかがです。お望み通りの美しい薄紫の瞳でしょう？」

牢番の言葉に、ふいにお義兄さまの手が私の顎（あご）に伸び、無理やり上向かされた。優しさのかけらもない、乱暴な仕草に思わず目を瞠（みは）る。

……そうよね、ここは「お客さま」と「商品」というていでやり過ごさなくちゃ。

義兄妹だと知られれば、報復を恐れてこの男たちはお義兄さまにも危害を加えるかもしれない。ここから出るまでは、私は彼に買われる「商品」を演じたほうがよさそうだ。

「っ……離して！　触らないで！」

無理やりお義兄さまの手を振り払い、視線を逸らす。逃げ出そうと足掻（あが）いてみるも、腰に回された腕の力は思ったよりも強く、びくともしない。まるで本当に私を逃がすまいとしているかのようだった。

「確かに、理想通りの瞳の色だ。買った」

そう言いながら、お義兄さまは上着のポケットから布袋を取り出し、石畳の床に放り投げた。落ちた際に緩んだ袋の口から、数えきれないほどの金貨が詰まっているのが見える。

「へへ、確かに。またお願いしますぜ」

品のない笑みを浮かべながら、男は金貨の詰まった袋を拾い上げた。

こんなふうに売られていった人が、きっと何人もいるのだろう。誰もがかけがえのない、尊い存在なのに、この男たちや客に身勝手につけられた金額と引き換えに、自由を奪われていくのだ。そのあまりにも理不尽で外道（げどう）な行いに、吐き気が込み上げてくる。

「……最低だわ。あなたたちなんて、人じゃない」

自分でも驚くほど、低く軽蔑のこもった声だった。考えるよりも先に口走ってしまったらしい。そしてそれはおそらく、この場では悪手だったようだ。男たちの顔に明確な苛立ちが浮かび上がる。余計なことをしてしまった、と後悔しても遅かった。

だがその瞬間、私を抱き寄せていたお義兄さまに勢いよく壁に押しつけられる。壁に打ちつけた背中の痛みに眉を顰めたのも束の間、彼は私の喉もとを掴んで乱暴に上を向かせたかと思うと、そのまま噛みつくようにくちづけてきた。ぷつり、と唇が切れた感覚のあとに血の味がする。

「……っ！」

……お義兄さま？　どうして、こんなこと。

問いかけどころか、呼吸すらも許さないと言わんばかりに唇を貪られた。空気を求めて唇を開けば、余計にくちづけが深くなるばかりで息苦しさはどんどんと増す一方だ。

思わず、目尻からぽろぽろと涙があふれ出す。血と涙の味がする、生まれて初めてのくちづけだった。

お義兄さまはその涙を機にようやく唇を離すと、翳りと凄絶な色気のにじんだ表情で笑った。

「買われた立場というものをまだわかっていないらしい。人じゃなくなったのは、君のほうだ」

喉もとを掴まれた息苦しさと、吐息ごと食べ尽くすようなくちづけのせいで、息が上がっていた。

彼は唇についた私の血をなめとると、先ほどまでとは違い手首の鎖を強く引き、いっそう体を引き寄せて歩き始めた。

突然のくちづけと、見慣れないお義兄さまの粗雑な仕草にくらくらと目眩がする。頬が、燃えるように熱かった。

でも、彼の行動の意図はなんとなく察していた。このくちづけはきっと、恋愛感情なんていう、色っぽい感情に由来するものではない。

……きっと、私を庇ってくださったのよね。

あの場で男たちを貶す言葉を発した私を先に痛めつけることで、男たちに手出しさせなかったのだろう。やり方はずいぶんと乱暴で、普段のお義兄さまの不器用な優しさはどこにもなかったが、おかげで男たちを黙らせることができた。

……お義兄さまには、救われてばかりだわ。

そう、彼は私を助けてくれただけ。だから触れた唇の熱さや、絡んだ舌の感触に、特別な意味なんて込められていない。お義兄さまはきっと、私の命のために仕方なくしただけなのだ。

そう言い聞かせているうちに、通路に外の光が差し込んできた。ようやく、地下から抜け出せたのだ。

私が囚われていたのは、森の中にある古びた屋敷だった。お義兄さまはそこからわずかに離れたところに停車している馬車に乗り込むと、勢いよく私のことも馬車の中に引き込んだ。

その衝撃で、馬車の座席の上に倒れ込んでしまう。お義兄さまは後ろ手に扉を閉め、窓のカーテンも閉めてから、私を見下ろした。それを合図としていたかのように、馬車はゆっくりと動き出す。

お義兄さまは言葉もなく、ただ私を見ていた。今までに見たこともないほどの、深く翳った瞳に囚われ、ぞわり、と肌が粟立つ。

怒っている、なんてものじゃない。底知れぬ闇に、食い尽くされるような威圧感だ。

「そうやって鎖に繋いでおくくらいが、ちょうどいいのかもしれないな。……君はどうやら言いつけを守れない『悪い子』のようだから」

お義兄さまは私に覆い被さるように座席に膝をつくと、不吉なほど美しい微笑みを浮かべてこちらを見下ろした。長く冷たい指が、くすぐるように頬を撫でる。その感触にすら、大袈裟なくらいに肩を震わせてしまい、涙がにじんだ。

「お義兄さま……ごめんなさい、私――」

「――どんな言い訳も聞きたくない」

それ以上の言葉を紡ぐ前に、再びお義兄さまの唇で唇を塞がれた。

……え？　どうして、もういちどくちづけを？

私たち以外の誰の目もない密室の中で、演技をする必要なんてないはずだ。状況を理解できないまま目を見開いていると、その隙を突くように、くちづけが深まっていく。先ほどよりはずいぶんと穏やかで、切れた唇を労るような優しいくちづけだ。けれども吐息を許さないような執拗さは変わらず、目眩がするほどの息苦しさに酔わされる。

ようやく唇が離れたのを機に、新鮮な空気を必死に吸い込む。涙目でお義兄さまを見上げれば、彼は昏い色気をにじませたまま口もとを歪めた。

「……せっかく『買った』んだから、このまま誰の目にも触れない場所に隠してしまうのも悪くない。そうすれば、ようやく安心して眠れそうだ」

お義兄さまは、私の手首に巻かれた鎖を緩めると、座面に縫いとめるように私の手に両の指を絡めた。監視するようにじっとこちらを見つめる彼の目もとには、よく見れば薄い隈ができている。

彼の目もとに触れようと手を動かすも、逃がすまいとするかのように絡んだ指に力を込められてしまい、微動だにできなかった。

逃げようなんて思っていない。ただ、彼に触れたかっただけなのに。

「お義兄さま……離してください」

「なぜ、まだわがままを聞いてもらえると思っているんだ？　次に『悪い子』だったら許さないと言ったはずだ」

薄く笑いながら、彼は涙が浮かんだ私の目尻に唇を寄せた。涙を吸い取られるような感覚に、びくりと肩を震わせる。

「でも……このままじゃ、お義兄さまを抱きしめられないです。私だって、お義兄さまに触れたい」

「っ……」

彼は何かを堪えるように息を詰めたかと思うと、昏く笑って私の耳もとへ顔を近づけた。

「君は天性の悪女だな。人を惑わせる才能がある」

そう告げるなり、お義兄さまは私の腰の後ろに手を差し込み、抱き抱えるようにして起き上がらせた。彼の膝の上で向かいあうような体勢になる。

「お褒めにあずかり光栄です。なんといっても……私は悪役令嬢ですから」

冗談まじりに小さく笑って、そっと彼の背中に腕を回す。馴染んだ優しい香りに包まれて、ぴんと張り詰めていた気がゆっくりと解けていく。帰ってきた、と初めて実感できた。

「お義兄さま……ありがとう、助けに来てくださって。お義兄さまが来てくださらなかったら、私――」

彼が来なければどんな目に遭っていたか考えるだけで、小刻みに体が震えた。それを隠すように、お義兄さまの胸に頭を擦り寄せる。こんなこと、本来ならば悪役令嬢でしかない私には許されない行為だと思うが、今だけは見逃してほしい。

「……俺が君にとって救いになる日など来ない。今だって傷つけられているじゃないか」

自嘲気味に微笑んで、彼は私の瞳を覗き込み、先ほど初めてのくちづけで切れた唇の傷に指を這わせた。紺碧の瞳の奥に宿った翳(かげ)りに、抜け出せなくなるほど深く吸い寄せられる。

「いいえ……あなたは、私のひとりぼっちを終わらせてくれたもの。だから私にとってあなたは、救いの光です、お義兄さま」

彼の胸に頭を預けたまま、耳を澄ませる。温もりの奥で、規則正しい心音がとくとくと、心地よく響いていた。

「そんなの……俺のほうが――」

お義兄さまは何かを言いかけて、迷うように息を詰めたかと思うと、結局そのまま口を閉ざしてしまった。

代わりにお義兄さまの大きな手が、まるで甘やかすように私の髪を梳いていく。ここが私の「帰る場所」なのだと、全身の細胞が安堵と喜びに震えていた。

◇

「エレノア、もう起きて大丈夫なの？」

お義兄さまに助け出されてから一週間、私はミラー伯爵邸で療養生活を送っていた。レインの献身的な看病により、ほとんど元の体調と変わらないくらいまでに回復したのだ。

「ええ、平気よ。心配してくれてありがとう、リリアーナ」

「本当に、ごめんなさい。わたくしが、あんな路地に入ったりしなければ……」

ミラー伯爵邸に戻ってきてからというもの、リリアーナを始め、レインやシャノン、ハドリーに、うんざりするほど心配され、謝られた。

特にシャノンとハドリーはお義兄さまの怒りを買ってしまったようで、それを挽回するように私を攫った人身売買の組織を摘発し、男たちを捕らえることに尽力していたらしい。

お義兄さまとシャノン、ハドリーのおかげで、地下牢に「商品」として捕らえられていた人々は無事に解放された。その報せを聞いたとき、どれだけ胸を撫で下ろしたかわからない。

……それに、欲しかった情報も手に入ったしね。

「もう、リリアーナ。謝るのはこれでおしまい。それより、お客さまを迎えに行きましょう」

外出用のワンピースに着替え、リリアーナとともに客間を出る。客人はすでに応接間に招かれているようで、いつもより屋敷が賑わっていた。

「お買いものがしたければ、あなたの部屋まで案内するのに」

「いいの。目的は買いものではないもの」

「え?」

きょとんとするリリアーナを横目に、応接間に足を踏み入れる。海がよく見える部屋の隅では、影のようにシャノンとハドリーが立って護衛していた。

ソファーの前には、細やかな装飾の施された小箱に埋もれるようにして、一組の夫婦が並んで立っていた。

「ご機嫌よう、フォーリー商会長さま、商会長夫人」

にこりと微笑みながら彼らの前で挨拶をすれば、夫婦は胸に手を当てて深々と礼をした。

「お目にかかれて光栄です、ロイル公爵令嬢、ミラー伯爵令嬢」

「ふふ、ご機嫌よう」

リリアーナも軽やかに笑って、私と並んでソファーに座った。

……ようやく会えたわね。フォーリー商会長夫妻。

人身売買の組織を解体した際に得た情報。それは、男たちが話題にしていた「夕焼け色の瞳を持つ男」——ウィルを思わせるその人物に懸賞金をかけた商会が、フォーリー商会という王国有数の大商会である、というものだった。

商会の名前を突きとめた私は、すぐさまフォーリー商会に連絡を取り「商会長夫妻にご覧になっていただきたいものがある」と知らせ、ミラー伯爵邸に招いたのだ。

このことは、まだ私しか知らない。リリアーナも、もちろんウィルも、ここにいる商会長夫妻がウィルの本当の両親だなんて夢にも思っていないはずだ。

「それで、ロイル公爵令嬢。私たちに見せたい品物というのはなんでしょう」

商会長が穏やかな気品のある声で切り出す。まもなく男爵位を授かるという噂もあるだけあって、とても洗練された空気感だ。

「ふふ、もうすぐご覧になれますわ。あなた方にとっての、唯一無二の宝物をね。そろそろだと思うのですけれど……」

その瞬間、機を見計らったかのように、応接間の扉が叩かれる。誰より先にリリアーナが入室を許可すれば、紅茶の香りとともに、ウィルが応接間に姿を現した。

「失礼いたします。紅茶をお持ちいたしました」

「ありがとう、ウィル」

リリアーナの声かけに、ウィルは幸せそうに微笑んだ。そうして丁寧な仕草で、商会長夫妻の前にティーカップを置いていく。

「あ……あなたは……」

商会長夫人の視線が、ウィルに釘付けになる。それもそうだろう。夕焼け色の——自分の夫と同じ瞳の色をした青年が、目の前に現れたのだから。

夫人の呟きを機に、商会長もウィルに注意を向ける。たちまち、信じられないとでも言うように、ウィルと同じ色の瞳を見開いた。

こうして夫妻とウィルを見比べてみると、ウィルは夫妻の顔の特徴をよく表していることがわかる。全体的な顔立ちは、愛らしい雰囲気の夫人に似ているが、目もとは商会長にそっくりだ。

夫妻は初め、何も言わずにウィルを見ていたが、次第に夫人の指先が震え始めた。それを見た商会長がそっと夫人の手に自らの手を重ね、穴が開くほど真剣にウィルの姿を見つめている。

これだけじっと見つめられれば、ウィルも勘づいてしまう。彼は紅茶の給仕を終えたところで、初めて商会長夫妻に向けて顔を上げた。

それはまさに、十数年ぶりの親子の再会の瞬間だった。

ウィルはきょとんとした顔をしていたが、夫人はついに感極まったように、ぽろぽろと涙を流し始めてしまう。

「……ミゲル？　ミゲルなのね？」

震える夫人の声に、ウィルはわずかに首を傾げながらも、無視はできないのかまじまじと夫人のことを見つめていた。商会長に至っては、感動のあまり言葉が出てこない様子だ。

三人の様子を見ていたリリアーナは、何かを察したように立ち上がると、ドレスの下から首にかけていたらしい革紐のペンダントを取り出した。

それは、鯨(くじら)を模した、かわいらしい銀細工のペンダントだった。瞳の部分はウィルの瞳のような橙(だいだい)色の宝石でできており、細やかな波模様が描かれたすてきな品だ。

「お嬢さま、それは……」

ウィルが、リリアーナの手にしたペンダントを見て、動揺を示す。リリアーナは神妙な顔で商会長夫妻に向き直った。

「フォーリー商会長、夫人……このペンダントに見覚えはありませんか。ウィルが浜辺で倒れていたときに首にかけていたものです。忠誠の証として、今は私が預かっています」

「っ……それは……私が息子の三歳の誕生日に贈ったものだ。忘れもしない」

フォーリー商会長は震える声で告げると、もういちどまっすぐにウィルを見つめた。

「……あなたの目は、僕の橙色の瞳とそっくりですね」

ウィルはペンダントから視線を移して商会長を見つめ、続いて夫人を見た。

「そして夫人の顔は、僕とよく似ています……」

夫人はぽろぽろと涙を流しながら、遂にウィルを抱きしめた。

ウィルは戸惑うような様子で夫人を見つめていたが、抗うことなくそっと夫人の背中に手を回す。

その上から、大柄な商会長の腕が添えられ、ぎゅう、と力が込められた。

「……父さん、母さん？」

ウィルが恐る恐る呟いたその言葉で、商会長夫妻はぼろぼろと泣き出した。

「ミゲル……っよかった！　よかったわ、本当に……っ。あなたのことを忘れた日など、一日だってなかったわ……！」

ウィルは、泣きじゃくるふたりを前に戸惑うそぶりを見せながらも、やがて静かに微笑んだ。そうして、睫毛を伏せてそっと両親に擦り寄る。

「うん……僕も、会いたかったよ。父さん、母さん」

実の親子の十数年ぶりの再会を前にして、私とリリアーナも静かに手を握りあう。

……よかった。離ればなれの家族が、またひとつになれて。

しみじみと感動に浸っていると、ふと、リリアーナが席を立ち、床に崩れ落ちる三人の前に歩み寄った。ウィルも夫妻も、はっとしたように互いを抱きしめる腕を緩める。

リリアーナは、ひどく儚げに微笑んで、首から下げたペンダントを外した。

そうして、床に跪くウィルに授けるように、ペンダントを差し出す。

「お嬢さま……？」

ウィルは、リリアーナの行動の意図を掴みきれていないようだった。

「ウィル……ご両親が見つかってよかったわね。帰る場所ができて……本当によかった」

リリアーナはふわりとしゃがみ込んで、ウィルの手のひらの上にペンダントを乗せる。

「あなたがくれた忠誠の証は、今返します。これからは自由に……ご両親と、幸せに生きてちょうだい」

リリアーナは柔らかく微笑んでいたが、ウィルの手のひらにペンダントを乗せる指先が小刻みに震えていた。相当、無理をして言っているのだとわかる。

……ちょっと待って、そんな方向に進んじゃうの⁉

まさか、ふたりが別れる展開になるなんて考えてもみなかった。悪役令嬢である私が余計なことをしたから、ふたりの運命が狂ってしまったのだろうか。

いても立ってもいられず、思わずソファーから立ち上がる。

「リリアーナ、待って――」

そう呼びかけながら彼女のもとへ駆け寄るよりも先に、ウィルがリリアーナの手を取った。

そうしてウィルは、間髪容れずに彼女の白い手の甲にくちづけたのだ。まるで捨てられることを恐れているかのように、リリアーナの小さな手に縋りついている。

「お嬢さま……なぜそのようなことを？　両親が見つかろうが、僕はとっくにお嬢さまにすべてを捧げた従者です。お気に召さない部分は改めますから……どうか捨てないでください」

寄り縋るように、ウィルはリリアーナの手の甲にくちづけを繰り返した。見ているこちらがどきどきしてしまうほどの、切実な懇願のこもったくちづけだ。

「っ……わ、わたくしだって、あなたが離れていくことは望んでいないわ。でも……あなたは大商会の息子なのよ。それも、まもなく爵位を授与されるような名家の……わたくしの従者に収まっていい身分ではないのよ」

「関係ありません。僕はお嬢さまのものです」

ウィルは頑なだった。この調子では、せっかく再会した両親と絶縁してでもリリアーナのそばを選びそうだ。夫妻もウィルの追い詰められようを感じているのか、おろおろとしていた。

「ウィル……」

リリアーナも、ウィルの覚悟を感じたのだろう。わずかに肩を震わせて、ウィルのペンダントをぎゅう、と握りしめた。

「それなら……道はひとつしかないわ。――フォーリーさま、フォーリー夫人」

リリアーナはウィルの両親に視線を移すと、凛とした意志の宿る声で告げた。

「ウィルを、どうかわたくしにくださいませんか。彼を――わたくしの伴侶にしたく思います」

普段ふわふわとした柔らかな雰囲気のリリアーナからは考えられないほど、決意のこもった言葉だった。これにはウィルも彼の両親も目を丸くする。

「お嬢さま……？　そんな、僕のような者が、お嬢さまの伴侶にだなんて……」

「そのように言ってはご両親に失礼でしょう、ウィル。フォーリーさま……私は本気です」

リリアーナの意思は揺るがないようだ。

フォーリー夫妻は状況を理解しようとするかのようにとしばし顔を見あわせた後、やがてふっと頬を緩めた。

「息子をここまで思ってくれるお嬢さまがいるなんて……今日は、いいことずくめで怖いくらいです」

商会長は言葉通り幸せそうに笑うと、リリアーナに手を差し出した。

「お嬢さまのお申し出、ありがたくお受けします。後ほど、伯爵夫妻と正式に話し合いをさせてください」

「……もちろんですわ！」

リリアーナはぱっと顔を輝かせると、ウィルの手を引いて彼を立たせた。

一方のウィルは、突然のことにまだついていけていないようだ。

「やったわ！　ウィル、わたくしたち、ずっと一緒にいられるのよ！　わたくしのお父さまとお母さまだって、あなたのことが大好きだもの。必ずこの縁談を成立させてみせるわ！」

「僕が……お嬢さまの、伴侶に？」

「ええ！　そうよ！　正真正銘の夫婦になるの！」

子どものようにはしゃぐリリアーナとは裏腹に、ウィルはこの幸福を噛みしめるようにしばらく瞼を閉じていた。きっと、私の知らないふたりの思い出が、脳裏を駆け巡っているに違いない。

やがてウィルは、リリアーナの細い体をぎゅう、と抱きしめた。リリアーナもすぐに彼の背中に手を回して、抱擁に応える。

「お嬢さまの、隣で生きていってもいいのですか……？　本当に……？」

「そうよ。あなたは、誰よりも近いところで、わたくしと幸せになるの」

とろけるような甘い笑みを浮かべながら、固く抱きしめあうふたりを眺めていると、見ているこちらまで体が熱くなるようだった。

「そうか――誰より尊いあなたを、僕のものにできるのですね」

そう言って、ウィルはどこか悪戯っぽく笑った。普段の従順な従者の顔とはまた違う、リリアーナの恋人としての顔だ。至近距離で見つめられたリリアーナが、たちまち首まで赤くなる。

……尊い！　尊いわ!!　従者だったウィルが独占欲を覗かせるなんて最高よ！

今までも、リリアーナを自分だけのものにしたいと思いながら、その欲を秘めて従者を務めてきたのだろうと思うと、たまらない。従順な態度は崩さぬままに、時折リリアーナを手のひらで転がすような悪戯っぽさを覗かせるあたり、魔性の男性だ。

……リリアーナ至上主義なところも、ヤンデレらしくてすてきだわ！

このまま、パンを五斤くらいは食べられる。ジャムもバターもなしで。

尊いものを拝ませてもらったと、思わず指を組みながらだらしない表情でふたりに見入っていると、リリアーナが私に視線を留めた。

「エレノア……わざわざウィルの実家のことを探ってくれたのよね。ありがとう、なんてお礼を言えばいいのか……」

リリアーナはウィルから距離をとると、冷静さを取り戻したように切り出した。

この言葉に、商会長夫妻もはっとしたように便乗する。

「そうです、ロイル公爵令嬢からご連絡をいただかなければ、私たちは息子と再会できませんでした。本当に、ありがとうございます。ぜひ、何かお礼をさせてください」

商会長は応接間に並べた箱を見渡しながら、畳みかけるように続けた。

「お礼の代わりになるとは到底思えませんが……我々は商人ですので、お望みのものがあれば何でもご用意いたします。この国で……いえ、世界でいちばん上等な布で作ったドレスでも、この世にまたとないと謳われる美しい宝石でも、何だってご用意してみせましょう」

フォーリー商会ほどの大きな商会であれば、揃わないもののほうが珍しいだろう。彼らは彼らの持っているもので、私に最大限の礼を尽くそうとしているのだ。それがひしひしと伝わってきた。

……欲しいもの、ね。

私の願いらしい願いといえば「尊いハッピーヤンデレカップルが見たい」に尽きるのだが、まさか商会長夫妻にヤンデレカップルをねだるわけにもいかない。

そうかと言って「お気持ちだけで」で引き下がることができる雰囲気でもなさそうだ。

どうしたものか、と室内を見渡していると、ふと、部屋の隅に影のように控えるシャノンとハドリーの姿が目に入った。相変わらず、ハドリーはシャノンを見つめ、シャノンはその視線を迷惑そうに無視している。

……そうだわ、あのふたりをハッピーエンドに導くために必要なものがあるじゃない。

我ながら、名案だ。思わずにやりと唇を歪め、商会長との距離を縮める。

そうして、彼にそっと顔を寄せ私の「欲しいもの」を耳打ちした。

「そのようなもので……よろしいのですか」

商会長は理解に苦しむとでも言いたげに表情を曇(くも)らせる。

彼とは反対に、私はますます笑みを深めて頷いてみせた。

「ええ。楽しみにしておりますわ」

◇

それから数日後。

ミラー伯爵家での滞在もいよいよ明日が最後という折になって、私は屋敷から馬車で半刻ほどの場所にある砂浜に来ていた。もちろん、背後には護衛としてシャノンとハドリーがぴたりとくっついている。

「お嬢さま、このような場所にどんな御用がおありなのですか？」

このあたりは、ミラー伯爵邸周辺の観光地とは違って静けさを保っていた。ぽつぽつと、時折思い出したように小さな家が建っているばかりで、ほとんどひとけがない。

だが、海の美しさと砂浜の白さは格別だった。これが見られただけでもわざわざ足を延ばした甲斐があるが、私の目的は別にある。

「ちょっと、確かめたいことがあるのです」

つい昨日手に入れたばかりの、古びた銀色の鍵をふたりに見せる。フォーリー商会長からお礼としてもらったものが、この鍵——正確には、この鍵で入ることができる家の権利だ。

「このあたりだと思うのだけれど……」

砂浜を見渡して目を凝らしていると、ハドリーが何かを見つけたようだった。

「こんなところに家が……」

彼の目線を辿れば、砂浜のすぐそばに小さな家が見つかった。白塗りの壁はところどころ汚れており、割れた窓や穴の開いた屋根からして人が住んでいないのは明らかだ。

「ハドリーさま、流石ですわ。私はあれを探していたのです」

「……危険です。あのような場所に、何が？」

シャノンが眉を顰めて警戒する。攫われてからというもの、彼女も相当過保護になった。

「ふふ、あそこには、ハッピーエンドの鍵があるの」

砂浜を越え、白い家に辿り着くと、さっそく木でできた扉を鍵で開けた。軋んだ音とともに扉がゆっくりと開き、埃っぽい空気に迎えられる。

「お嬢さま、私が先に見て参ります。安全が確認されたらお嬢様はレアード卿とお越しください」

用心深いシャノンは、先に家の中へと入っていった。かなり古びているようで、木の床は細身の彼女が移動するだけでもぎしぎしと軋む。

「ずいぶん古い家ですね。隠れ家にでもお使いになるのですか。あなたの兄上が許すとは到底思えませんが……」

ハドリーが、大きな蜘蛛の巣を払いながら尋ねてくる。

「ふふ……ここはもう、別の人たちの隠れ家だから、私は使わないわ。……あなたたちを案内したかったの」

悪役令嬢っぽく意味ありげにハドリーに笑いかければ、彼は何かを察したのか、表情をこわばらせた。そうして、シャノンがひとりで突き進んだ部屋の奥を見つめる。

「まさか……！」

ハドリーは何かを察したらしく、玄関から駆け出した。その後ろ姿をゆっくりと追う。

「シャノン！」

ハドリーが彼女の名を叫ぶのにすこし遅れて、私も彼らがいる部屋に辿り着いた。ソファーや小さなテーブルが置かれているところからして、どうやらリビングとして使われていた部屋らしい。

その部屋には、持ち運べるほどの小さな肖像画が二枚、飾られていた。

一枚は、シャノンを思わせる線の細い可憐な女性の肖像画。

もう一枚は、ハドリーを思わせる金髪の美しい男性の肖像画だった。

まるで一枚の絵にともに描かれなかったことを惜しむように、ふたつの肖像画は額縁の一辺を壊して、ぴたりと隣りあわせて飾られていた。遠目に見れば、一枚の肖像画のようにも見えるかもしれない。

……ここで、暮らしていたのね。

そう、ここはシャノンの母と、ハドリーの父が駆け落ちした後に暮らしていた隠れ家だ。フォーリー商会長には、彼らの遺体が見つかったときの記録をもとに、この家を探し出してもらった。

肖像画の前で、シャノンは一冊の手帳を手にしていた。赤い革張りの手帳で、飛び出た栞には押し花が閉じ込められている。女性の持ち物に見えるから、おそらくあれが、シャノンとハドリーのハッピーエンドのキーアイテム――「オートレッド子爵夫人の手記」なのだろう。

「シャノン……その、手帳は……」

ハドリーは、彼女からひとりぶんの距離を空けたところで、狼狽えるように見守っていた。シャノンは何も言わず、黙々と頁をめくっている。

あの手帳には、シャノンへの懺悔と、それでも駆け落ちした後の日々が幸せだったという旨がたっぷりと綴られている。オートレッド子爵は束縛気質な人で、シャノンの母にまったく自由を与えなかったという話だから、きっとここでの生活は天国のように思えただろう。

「そうか……母さまは、攫われたわけじゃなかったんだ」

シャノンは泣き笑いのような表情で、ぽつりと呟いた。

そして、次の瞬間には手帳を戸棚の上にばん、と投げつけたのだ。

「私を捨てて、あの家を捨てて……！　それで、ようやく、幸せになれたというの……？」

シャノンは乾いた笑い声を上げながら、その場に崩れ落ちた。白い頬には、涙が一筋伝っている。

……本当のことを知らないほうが、彼女は幸せだったかしら。

笑いながら泣き崩れる彼女を見ていると、罪悪感が込み上げてくる。彼女なりに収まりがついていたこの事件を、私が無理やり掘り返したと言われれば否定のしようがない。

投げつけて床に落ちた手帳を、彼女はもういちど拾い上げ、胸に抱きしめていた。肩を震わせて泣きじゃくる彼女の背中を、ハドリーがそっと包み込む。

「……ハドリー、お前は知っていたのか。この、逃避行の真相を」

シャノンの問いかけに、ハドリーはきまりの悪そうな表情を見せた。

「……知っていた。オートレッド子爵が、君に嘘をついていることはすぐにわかった」

「それならなぜ否定しなかった！　どうして私に本当のことを教えてくれなかったんだ！」

シャノンはくるりと体の向きを変え、ハドリーに怒りをぶつけた。きっちりと結い上げられた赤みがかった銀髪が、すっかり乱れている。

「俺たちの家を恨んで君が心を保てるのなら、それでいいと思っていた。オートレッド子爵夫人を亡くしたときの君は……それくらい、弱っていたから」

「っ……！」

シャノンは悔しげに表情を歪めたかと思うと、拳でハドリーの胸を何度か叩いた。

「そんな同情など……憐れみなど、いらなかった！　初めから、本当のことを教えてくれれば、私は……私は!!」

シャノンはハドリーの胸に頭を預け、彼の騎士服を思いきり握りしめた。だがそれは、怒りに任せてと言うよりも、まるで幼子が大切な人に縋(すが)りつくような仕草に見える。

「……私はこんなにお前を嫌っていたのに、お前はずっと……私を守っていてくれたのか？」

声を震わせるシャノンに、ハドリーは慌てたように彼女の細い肩に手を乗せる。

「それについて君が負い目を感じる必要はない。憎まれるとわかった上で、オートレッド子爵の嘘を訂正しなかったのは俺なんだから……」

シャノンの弱っている姿は見慣れていないのだろう。ハドリーはひどく動揺していた。

シャノンは彼の胸に預けていた頭をゆっくりと上げると、涙目で弱々しく微笑んだ。

「……お前はずっと、私の騎士でいてくれたんだな」

ハドリーははっとしたように息を呑むと、彼女につられるようにして泣き出しそうに笑った。

「忘れるはずがない。――君は昔から、俺のたったひとりの姫君だ」

ハドリーはシャノンの手を取ると、騎士らしく彼女の手の甲にくちづけた。シャノンはそれを静かに受けとめるようにしばらく睫毛(まつげ)を伏せた後、もういちどハドリーを見つめた。

「ありがとう、ハドリー。……ありがとう」

シャノンは涙声で、噛みしめるように呟いた。彼女の儚げな微笑みを前に、ハドリーは堪えきれないとでも言うように、彼女の体をかき抱く。

「俺は君の騎士だ。礼を言う必要なんてない。……君を傷つける存在は、俺がぜんぶ壊してやる」

騎士らしい清廉な雰囲気の中に、仄暗い闇を覗かせてハドリーは誓った。シャノンはそれに気づいているのかいないのか、彼の温もりに縋るように、目をつぶって身を委ねていた。

……これが愛する人以外の何を壊しても構わないと思っている隠れヤンデレ!!

尊いヤンデレカップルが成立する光景を前にして、またしても指を組んで幸福に酔いしれる。

バッドエンドに進まない以上、ハドリーの激しいヤンデレの面を見ることはできないが、充分に心が満たされた。

……幼馴染ヤンデレからしか得られない栄養ってあるわよね。

これからふたりは時間をかけて距離を詰め、最終的には縁談を結ぶことで両家の関係改善を図るのだろう。この先は私が導かなくとも、ふたりは必ず幸せになれるはずだ。

だらしなく頬を緩ませながら新たなヤンデレカップル成立の余韻に浸っていると、ふとシャノンが私に注意を向けた。

「お嬢さま……お嬢さまは、ここに来れば私が真実を知ることができるとわかっていて、この家を探すように商会長に命じたのですか?」

シャノンの鋭い指摘に、緩みきった微笑みがわずかにこわばる。ハドリーも不思議そうに私を見つめるものだから、困ってしまった。

「ふ、ふたりには何か誤解があるのではないかと思ったから、あなたたちのお父さまとお母さまが最後に過ごしたこの家に来れば何かわかるかしら……と思っただけよ。誤解が解けたようで何よりです」

あくまでも偶然だと言い張って、逃げ場を探すように窓の外を眺めた。

「本当、綺麗な海ですわね」

下手な誤魔化しの言葉を口にしながら、白い砂浜と、銀の陽光をきらきらと反射する青い海に目を奪われているふりをする。シャノンの訝しむような視線が突き刺さるが、あえて振り返らなかった。

そのまま砂浜を眺めていると、ふと、誰かがいることに気がついた。なんだか、見覚えのある姿だ。

……あれは、お義兄さまとレイン？

距離があるため顔ははっきりと見えなかったが、銀髪の青年と、灰色の髪のお仕着せの少女の組みあわせなんて、そうそうあるものではない。

お義兄さまは私を助け出してくださったあと、人身売買の組織を解体し、その後始末で王都に駆り出されていた。仕事を終えたら迎えに来てくださると言っていたから、ちょうど一段落したのかもしれない。

……私のために、わざわざ足を運んでくださったのかしら。

ざあ、という波の音とともに、心臓が大きく跳ね上がるような気がした。

お義兄さまに助け出されたあの日以降、彼のことを考えるとなんだか妙な気持ちになる。頬が熱くなって、そわそわと落ち着かなくなるのだ。

……いちど目のくちづけはともかく、馬車の中でもういちど私にくちづけたのはどうして？

ふとした瞬間に、あのくちづけの意味を考えてしまうくらいには、私の心はお義兄さまに囚われていた。

この気持ちが、何を意味するかわからないほど、私は鈍感ではない。今まで四組ものヤンデレカップルを間近で見守ってきたのだ。自覚したときには、あっけないほど簡単にこの感情に名前がついてしまった。

……お義兄さま、私、私ね――

窓の向こうの彼に目を奪われていると、ふと、レインが砂浜に足をとられたのか体勢を崩した。

「レイン……！」

そのまま転んでしまうかと思われたレインだったが、すかさずお義兄さまが彼女の体を抱きとめる。そのまま、はっとしたように至近距離でふたりは見つめあっていた。

美しい光景だった。白い砂浜と透き通る青い海。

それらを背景に見つめあう、やがて恋人になる一組の男女。

「っ……」

すっと、心の奥底に何か冷えたものが広がっていくのがわかった。唇から、無理やり毒でも流し込まれたように胸が痛い。

私は、何をひとりで舞い上がっていたのだろう。

……そうよ、お義兄さまのヒロインは、私じゃないわ。

私は、みんなの恋路を邪魔する悪役令嬢。

お義兄さまのヒロインは、誰よりかわいい、私のメイドのレインなのだ。

……ふたりのことも、どうにかしてハッピーエンドに導かないと。

私がやるべきことは、次も変わらないはずだ。それなのに、どうにも胸が躍らなかった。ヤンデレカップルを愛でたい気持ちをはるかに上回る、醜い欲が心に絡みついているせいだ。

「ああ、ルーク殿が帰ってきたんですね。お迎えにあがりますか？」

いつの間にか、シャノンも私の隣を陣取って窓の外を眺めていた。いつになく、すっきりとした顔をしている。

好きな人に好かれている彼女が——誰かのヒロインである彼女が、今ばかりはどうしようもなく羨ましく思えた。無理やり笑みを取り繕って、もやもやとした気持ちをなんとか抑え込む。

「そうね、迎えに行きましょう」

お義兄さまとレインとは、家の外で落ちあった。衣類についていた埃を払ってから、お義兄さまと向きあう。

私を見るお義兄さまの瞳は、相変わらず氷のようだった。くちづけを交わしたことがあるなんて、嘘みたいな冷たい表情だ。この間のくちづけは、一時的な気の高ぶりでしかなかったのかもしれない。

「お義兄さま、ご機嫌よう。こんなところまで迎えに来てくださったのですか？」

あくまでもいつも通りを意識して笑みを張りつければ、彼は溜息まじりに答えた。

「義妹が妙な場所にある家の権利を譲り受けたと聞いて、放っておくわけにはいかないだろう。……逃げ場所の候補にしていたのなら、残念だったな」

「逃げるなんて、そんなつもりはありませんわ。この家は、このふたりに譲る予定ですし」

これ以上、私が所有している意味もない。帰ったら、正式にシャノンとハドリーに権利を譲る気でいた。

「お嬢さま……もしどこかへ行かれるときには……きっと、私も連れていってくださいね」

レインはどこか気恥ずかしそうに、愛らしく笑った。私が「狂愛の恋花」について思い出したときに比べれば、ずいぶんと明るく笑えるようになったと思う。

「ふふ、そうね、きっとね」

私だってレインと離れたいわけではないが、それはきっと叶わないとわかっていた。「狂愛の恋花」の中でも群を抜いて独占欲が強く、束縛気質のお義兄さまが彼女を離すはずがない。

……ふたりが結ばれたら、私はどこへ行こうかしら。

ふたりが私を必要としなくなる未来を想像して、それだけでなんだか寂しくなってしまった。思わず、足もとに伸びる夏の影に視線を落とす。

その瞬間、冷たい手が伸びてきて、無理やり私の顔を上向かせた。この手の温度は持ち主の顔を見るまでもなく知っている。お義兄さまだ。

「どうした？　何をそんなに浮かない顔をしている」

お義兄さまは、苛立ったように私を見下ろしていた。本当に、目敏い人だ。

その鋭さが、今の私には毒のように思えてならない。

……だめ、このままじゃ、お義兄さまとレインを応援できなくなる。

逃げ場所を、頼るべき誰かを、新たに見つけなければ。このままでは私は、作中の「エレノア・ロイル」よりもひどい悪女になってしまいそうだった。

紺碧の瞳が、探るように私を見ていた。これ以上目を合わせていたら、心の奥に鎮めようとしているこの熱を気取られてしまいそうで恐ろしい。

笑わなければ。いつも通りの、軽い調子で。何も考えていないような、気楽な笑みで。

「そうですか？　ちょっと暑かったからでしょうか……？」

とぼけるように笑って、さりげなくお義兄さまの手から逃れた。レインが慌てたように白いハンカチで私を扇ぎ始める。

「す、すぐお屋敷へ戻りましょう。冷たいお飲み物をご用意いたします」

「ふふ、ありがとう。レイン」

お義兄さまの紺碧の瞳から逃れるように、黒い影を踏んで歩く。

お義兄さまと暮らす屋敷へ戻る日を指折り数えていたというのに、今は、王都に帰ると考えただけで心に鉛がくくりつけられたように重たく感じた。

「……誤魔化せると思うな」

背後から、お義兄さまに手を掴まれて引きとめられる。紺碧の瞳は、いつになく鋭かった。

……でも、その目も嫌いじゃないわ。

心の奥底まで見透かすような、綺麗な目。見つめられるだけで私の心臓は早鐘を打っているというのに、彼はそんなこと、微塵も気づいていないのだろう。

「ねえ、お義兄さま」

潮風に、長い藍色の髪が靡く。その髪を押さえつけながら、彼にそっと笑いかけた。

「王都に帰ったら……セシルによく似た金糸雀を買ってくださる？」

「金糸雀を……？」

突然のおねだりに、お義兄さまは多少面食らったようだった。

だが、それに気づかないふりをして、笑みを深める。

「ええ、とびきり綺麗で、美しい声で鳴く小鳥を一羽くださいな」

……その子を心の拠り所にして、私は一線を引くわ。

私は、悪役令嬢。バッドエンドの立役者にはなれても、ハッピーエンドには縁のない嫌われ者。

私たちはきっと、あるべき立場へと戻るときが来たのだ。

第四章　公爵令息は悪役令嬢を手折りたい

まだ幼いころのある夜のこと、私は、体中を焼き尽くすような高熱にうなされていた。

「誰か、誰かいないの……？」

熱を出すのは、珍しいことではない。体が弱いのか、ひと月にいちどは高熱を出して、使用人たちを煩わせていた。屋敷の主人に嫌われている令嬢の世話など誰もやりたがらないのか、一晩中放っておかれることもざらにあった。

現に今も、額に乗った布を冷たい水に浸してほしくて呼び鈴で使用人を呼んだのに、誰ひとりとしてやってこない。

……このまま、死んじゃうのかな。

気づけば涙が、両目ににじんでいた。こういうとき、世の子どもたちは母や父に看病してもらえるのだろう。豪華な調度品に囲まれていても、親の愛が得られない私はきっと、憐れな子なのだとわかっていた。

……ひとりぼっちなら、死んじゃってもいいのかな。

そうすれば、お父さまはようやく邪魔者がいなくなったと安堵するのかもしれない。私はひとりで、天国で待つお母さまに会いに行くのだ。

「お母さま……」

睫毛を伏せれば、にじんだ涙に吸い寄せられるようにして瞼が下がった。眠りたいのに、身の置き所のない苦しさのせいでゆっくりと休むこともできない。

そのとき、ふっと、額に冷たい手が乗せられるのがわかった。大人の手ではない。まだ成長途中の、すこしだけ骨張ったひやりとした手だった。

恐る恐る瞼を開けば、暗闇の中に少年らしき影が見えた。紺碧の瞳が、静かに私に向けられている。月影を溶かしたような銀髪は、この世のものとは思えぬほど美しかった。

「……あなたは、天使?」

天使は何も言わなかった。ただじっと、紺碧の瞳で私を見ていた。

「ねえ……天使さまなら、ここから連れ出してほしいの。ここには、エルを好きになってくれる人はいないから……ここじゃない、エルのこと好きな人がいるところに、連れていってほしいの」

天使の手が額から離れたかと思うと、代わりに冷えた水に浸された布が乗せられた。あまりの心地よさに、溜息がこぼれてしまう。

「ねえ……わがまま、言わないから。天使さまと一緒に、いさせて」

うまく動かせない手を天使さまのほうへ差し出せば、彼はそっとその手を握りしめた。

「馬鹿を言うな。俺は……どちらかと言えばきっと、化け物の類いだ」

「そうなの……？　誰が言ったのかしら。その人は見る目がないのね。あなたはこんなに綺麗なのに」

ふわふわとした意識のまま頬を緩ませれば、天使が、私の顔を覗き込むように影を落とす。

「……そんなことを言っていると、お伽噺のように化け物に捕まってしまうぞ」

笑うような声とともに、上掛けが首もとあたりまで引き上げられる。

とたんに、なんだか眠くなってきた。先ほどまであんなに苦しかったのに、彼が来てくれたおかげでずいぶんと楽になった気がする。

「捕まる前に、早くこんな家からお逃げ。……エル」

ぽつりと呟かれた言葉とともに、頬に何か柔らかなものが触れる。きっと、頬にくちづけられたのだ。触れられた箇所から、ぽう、と柔らかな熱が広がって、体中を駆け巡るようだった。

……誰かにこんなふうに慈しまれたのは、初めてだわ。

そばに置かれた彼の手を引き寄せて、縋りつくように抱きしめる。

……私にくちづけてくれるなら、あなたが化け物でもいいの。

あなたがそばにいてくれたら、きっと私は世界でいちばん幸せな女の子になれるのに。

「逃げないから……エルのこと、捕まえていいよ、天使さま」

縋りついた手が、びくりと震える。

この温もりを手放さずにいられるのなら、ふたりを繋ぐものがたとえ棘だらけのいばらでできた鎖でも、構わないような気がしていた。

◇

「ふふ、いい子ね。ライラ」

窓辺に置かれた金の鳥籠の中で、一羽の金糸雀が囀っている。

この鳥は、公爵邸に戻ってきた翌日に、お義兄さまが私に与えてくださった鳥だ。さっそくライラと名づけ、毎日かわいがっている。

「本当に、綺麗な声で鳴きますね」

レインも、ライラの世話を手伝ってくれていた。小さな生き物が好きなのか、ライラを見つめるときにはずいぶん柔らかな表情になる。もともとかわいらしいことは間違いないが、このところのレインはますます輝いているような気がする。

……やはり、恋は女の子を綺麗にするのかしら。

それ以上は、深く考えないようにしていた。お義兄さまとレインを見守るしかないとわかっていても、いちど芽生えてしまった気持ちはそう簡単に割り切れないのだ。

お義兄さま——ルークとレインのルートの概要はこうだ。

両親を失い、公爵家に引き取られたものの、わがままな義妹と心を通わせられない孤独な日々を過ごしたルークは、徐々に優しいメイドのレインを心の拠り所とするようになる。だがルークは、自分がレインに向ける想いが恋心であると悟ることができず、権力を使ってレインを無理やり繋ぎとめようとするのだ。

ルークの強引なやり方に、当然レインは反抗するわけだが、それがますますルークの想いを拗らせる引き金となる。

　始めはレインが男性と話すのを嫌がっていただけのルークだったが、次第にレインが自分以外の人間と話をするのも気に食わなくなり、レインを屋敷の地下室に閉じ込めてしまう。彼女を汚い人間から守り抜くためという大義名分を建前にして。

　ここでレインがルークの不器用な愛し方を受け入れることができれば、ルークのたったひとりの妻として屋敷に囲われる結末を迎えることになる。しかし、地下室に閉じ込められてもなお反抗する姿勢を見せると、ルークから「エルの恋花」を渡されてしまうのだ。

「エルの恋花」を渡されたレインは、ある雨の夜に他の使用人の力を借りてなんとか地下室から逃げ出すのだが、あっけなくルークに捕まってしまう。そして、これ以上レインが逃げることがないように、と歪んだ願いを持ったルークに刺殺されて、バッドエンドだ。雨ににじむレインの血が、やけに生々しかったのをよく覚えている。

　ちなみにエレノアは、ルークに愛されるレインを疎ましく思い、ふたりの距離が縮まったころからレインをいじめるようになる。そしてある日、レインを虐げている場面をルークに目撃され、激しい怒りを覚えたルークの手で衝動的に殺されてしまうのだ。

　……ふたりにとってのハッピーエンドの鍵は、私がレインをいじめて、お義兄さまに殺されることなのかしら。

　今までの私ならば、尊いヤンデレカップルのためにこの身をハッピーエンドの鍵として捧げたかもしれないが、心の奥底に残るお義兄さまへの感情が、どうしてもそれはしたくないと叫んでいた。

……いじめては、あげないわ。

恋敵とも言えるレインを一瞥し、心の中で黒い嫉妬（しっと）の炎を纏う言葉を呟く。私が彼女にしてあげられるのは、警告とたったいちどの手助けだけだ。

「ねえ、レイン。……この先、逃げ出したくなることがあったら……ひとりでやり遂げようとはせず、私を呼んでね。必ず、あなたを望む場所へ連れていってあげる」

鳥籠越しにそっと、美しい金糸雀（カナリア）の頭を指先で撫でながら告げる。

「逃げ出したくなること、ですか……？」

レインは意図を掴みきれなかったのか、何度か目を瞬（またた）かせていた。

それでいい。今は、伝わらなくてもいい。もしもふたりがバッドエンドに突き進みそうになったとき、私はレインを逃す手伝いをするのだ。ふたりの恋路に対しては、それだけで許してほしい。

何も言わず、身を引くだけで、胸が引き裂かれるような想いなのだから。

「忘れないでね、レイン」

小さく微笑みかければ、彼女はぎこちなくこくりと頷いた。

そのままライラを撫でていると、私室の扉が規則正しくノックされた。その音だけで、どくん、と心臓が跳ね上がる。

「……どうぞ」

入室を許可する声すら、掠（かす）れてしまいそうだ。ばくばくと鳴り出した心臓を鎮めるように、いちどだけ深呼吸をした。

「エル」

相変わらず淡々としていて、聞きようによっては責められているようにも感じる冷たい声。けれど、私にとっては世界でいちばん美しい声だった。

「お義兄さま、どうなさったの？」

いつも通りを装って振り返れば、すぐに紺碧の瞳と目が合った。

「領地に来るよう、公爵に呼ばれた。またしばらく王都を留守にする」

「そうですか……」

例の如く、私は呼ばれていないのだろう。また、お義兄さまと離ればなれになると思うと、胸の奥底がきゅう、と締めつけられるようだった。

……でも、いい機会かもしれないわね。

一緒に暮らしている以上、なかなかお義兄さまとの距離をとることができず、思い悩んでいたところなのだ。

……これを機に、心の整理ができたらいいのだけれど。

寂しさを誤魔化(ごまか)すように、ライラの頭を撫でる。その手を、背後から伸びてきた大きな冷たい手が握った。

「一緒に来い。……近ごろ、沈んだ顔ばかりしているだろう。気分転換にもなる」

「っ……」

……お義兄さまから、誘ってくださるなんて。

本当ならば飛び上がるほどに嬉しい。その一言で、溶けてしまいそうだ。

けれど私はもう、ハッピーエンドを見守る立場になると決めたのだ。

お義兄さまと一緒にいたい気持ちを振り払って、そっとお義兄さまの手を解く。

「せっかくですが……近々ルシアさまとお茶会の約束がありますので」

適当な嘘をついて断れば、一瞬だけ、お義兄さまの瞳が揺らぐのがわかった。

「……そうか。しっかり護衛をつけていけ。この間のふたりを呼び戻してもいい」

シャノンとハドリーは、もともと私がミラー伯爵領に滞在している間だけの契約で私を護衛してくれていたため、王都に戻ってきてからは顔を合わせていない。「お出かけの際はいつでもどうぞ」とふたりとも言ってくれたから、呼べば護衛してくれるのだろうが、家同士の関係修繕に尽力しているであろうふたりの邪魔をしたくはなかった。

「はい。公爵邸の者を何人か連れていくことにします」

にこりと微笑めば、ふとお義兄さまが私の腰を抱くようにして距離を詰めた。いつの間にか、レインは部屋の隅に影のように控えている。

「……今度の鳥は気に入ったんだな。よかった」

お義兄さまは、気づかないくらいにわずかに微笑んで、金糸雀(カナリア)を見ていた。

幼いころ、セシルを亡くした翌日にお義兄さまが買ってきてくださった鳥を「いらない」と突き放したことがやっぱり胸を抉(えぐ)る。お義兄さまは昔から、不器用な優しさで義妹である私を喜ばせようとしてくれていたのに。

……そうよ、この想いは叶わなくても、義兄として慕うことは許されるはずよ。

今はまだ心の整理がつかないけれど、ゆくゆくは義妹としての距離で、お義兄さまのおそばにいられたらいい。

「私……お義兄さまが私の義兄で、嬉しく思います」

あえて「義兄」を強調しないと、名前を呼んで、好きだと言ってしまいそうだった。

「……そうか」

腰に添えられていたお義兄さまの手が、すっと離れていく。まるで、義兄妹にふさわしい距離に戻ろうとするように。

「くれぐれも『いい子』で待っていろ――エレノア」

お義兄さまは振り返りもせずそれだけ告げると、そのまま部屋を出ていった。

……これで、いいのよね。

胸の奥が、ずきずきと痛む。とてもじっとしていられず、書き物をする机に移動し、引き出しから一通の招待状を取り出した。

……気乗りしない夜会だけれど、出てみよう。

なんでもいい。この痛みを忘れさせてくれるならば、どんな下らないものでも縋りついていたい。

「レイン……夜会に出るからドレスの準備をして」

「夜会……でございますか。しかし、その招待状は――」

「――いいの。なるべく華やかなドレスを見立ててちょうだい」

招待状を片手に、鳥籠の前に歩み寄る。

お義兄さまがくださった金糸雀(カナリア)が、綺麗な声で静かに鳴いた。

◇

いばらの模様が描かれた招待状を握りしめ、ひとり馬車に揺られる。鮮やかな夕暮れが、紺碧に侵食される様を、窓からじっと眺めていた。

お義兄さまが公爵領へ発った翌日、「公爵領からとってきてほしいものがある」と適当な理由をつけて、レインも領地へ向かわせた。ふたりは最高のヤンデレカップルになるとわかっていても、直接ふたりの仲睦まじい姿を見守る覚悟はまだできていないのだ。できればすこし離れたところから、ふたりの幸せな知らせを聞くくらいの立ち位置を早く確保したい。

……この気持ちを忘れるためには、きっと、婚約者でも作るのが手っ取り早いのよね。

招待状に視線を落とし、小さく息をつく。今私が向かっているのは、この国では有名な、年にいちどだけ開催される仮面舞踏会だ。

既婚者たちの愛人探しの場、と揶揄(やゆ)されることもあるけれど、私と同じような若い世代も数多く参加している。怪しげな雰囲気の集まりには近寄らず、令嬢や令息たちと談笑していればいいのだ。

……それに、仮面をつけて素顔を隠せるところが気楽でいいわ。

公爵令嬢の肩書も、「エレノア・ロイル」の悪評も気にせずに、ただひとりの少女として誰かと踊ることができる。今の私には夢のような場所だ。

やがて、馬車が大きな屋敷の前で停まった。ある侯爵家の邸宅であるこの場所が、今夜の仮面舞踏会の舞台だ。

外側から、ゆっくりと馬車の扉が開けられる。座席の上に置いておいた白と銀の仮面を、そっと目もとにつけた。

御者の手を借りて馬車から降り立てば、ひやりとした風が首筋を通り抜けていった。深い夜の気配がする。そのまま護衛の騎士のエスコートを受けて、会場へ向かった。

「……すてき」

会場内は、想像していたよりずっと落ち着いた、気品のある場所だった。カーテンや調度品は深い紺色で統一されていて、至るところで銀の宝石が静かな輝きを放っている。まるで会場全体が、こぼれ落ちそうな銀の瞬き(またた)に満ちた、大きな星空のようだった。

何より私の目を引いたのは、会場を埋め尽くすようにたっぷりと飾られた花だ。淡い光を放つように輝くあの純白の花は——

「——エルの恋花?」

それを見て、はっと気がついた。よく見れば大きな窓につけられたカーテンには、くすんだ金糸で木々の葉や蔦(つた)が刺繍(ししゅう)されており、まるで深い森の中に迷い込んだかのようだった。純白の花々といい、森を思わせる刺繍(ししゅう)といい、この舞踏会は誰もが知っているあのお伽噺(とぎばなし)「エルの恋花」をモチーフにしているのだろう。

会場のそこかしこでは、さっそく踊り始めている男女の姿があった。お喋りに花を咲かせている令嬢たちの集まりもある。くすくすと、時折漣のようにわき起こる笑い声は、まるで妖精たちの囁きのようだ。

護衛の騎士には馬車で待機するように伝え、私はひとりで会場内を見て回ることにした。お伽噺の世界に迷い込んだような不思議な高揚感を覚え、自然と足取りが軽くなる。

……あのカップル、すてきだわ。

仲睦まじく踊り続ける若い男女を見ていると、それだけでなんだか満たされたような気持ちになる。甘やかな雰囲気に満ちていて、輝いていて、幸せそうで——ちょっとだけ羨ましい。

……レインとお義兄さまも、ああして踊ったらさぞかし美しいでしょうね。

ここにはいないふたりの姿を、広間の中心に思い浮かべる。この場にいたら、美しいふたりはきっと舞踏会の主役になれただろう。

……レインはきっと、教えたらすぐに華麗なダンスを踊れるようになるはずよ。

軽やかに、正確にステップを踏むレインの細い腰を、お義兄さまは包み込むように支えるのだ。一足踏み込むたびに、まるで星が散るみたいに、きっとふたりはきらきらと輝いて——

「きゃっ……」

夢に耽るように軽く睫毛を伏せていたせいか、広間の隅で人にぶつかってしまった。相手は背の高い金髪の青年だ。

「失礼いたしました。ぼんやりしていて……」

ドレスを摘まんで、すぐさま謝罪する。私が纏う色は、今夜も未練がましく紺碧だ。

「いいや、こちらこそ失礼しました。美しいお嬢さん」

伏せた視界に、白手袋をつけた手が差し出される。

不思議に思って相手を見上げれば、青年は仮面の奥で軽く片目をつぶってみせた。

「実は先ほどからあなたをダンスに誘いたかったのですが、物思いに耽っていらっしゃるようでなかなか声をかけられずにいたのです。これも何かのお導きですね？」

柔らかな、優しい響きのある声だった。所作のひとつひとつに気品があふれていて、名家の令息なのだろうと推察される。

「ふふ……仮面をつけているのに、よくおわかりになりましたね」

一曲くらい、踊ってみてもいいだろう。青年の手に自らの手を重ね、ゆっくりと広間の中心へ移動する。

「美しい薄紫の瞳が、悲しげに揺らいでいましたからね。……ご婚約者が他の女とともにいる場面でもご覧になりましたか？」

当たらずといえども遠からずな指摘に、曖昧な笑みを返す。

「そんなことを思いつくなんて、あなたももしかして婚約者の女性を放って、見知らぬ女にダンスを申し込む悪い人なのかしら？」

からかうように青年の瞳を覗き込めば、彼はくすくすと笑った。

「失礼ですね。僕は誠実な男です。ここには婚約者を探しに来たのですよ」

「ふふ……そういうことにしておいて差し上げます」

仮面舞踏会であれこれと聞くのも野暮だろう。新たな音楽が始まるのに合わせて、青年と手を取りあい、ステップを刻む。

……思えば、お義兄さま以外の男性と踊るのは初めてね。

舞踏会ではいつも、お義兄さまがパートナーを務めてくださっていた。最低限のダンスだけを積み重ねてきたけれど、こうして他の人と踊ってみると、お義兄さまにはとても気遣われていたことがわかる。

……初めのころ、お義兄さまの足を踏んでしまったこともあったのだっけ。

咄嗟に謝る私に向かって、お義兄さまは顔色ひとつ変えずに言い放ったのだ。

――このくらい、なんともない。君を他の者の手に任せることに比べれば。

あのときは、不出来な私を他の男性に任せることなど到底できない、という意味に受け取っていたが、きっとお義兄さまなりに、私と踊る時間を大切にしてくれていたのだろう。お義兄さまはあれでも、ずっと私を気にかけてくれていたのだ。

……私、このままでいいのかしら。予定されたハッピーエンドのために、今の私の気持ちを殺してしまっていいのかしら。

なんだか、胸が詰まる。宝石が縫いとめられた銀の靴が、とたんに重く感じた。

「お嬢さま？　どうしましたか？」

青年の優しい声かけに、なんでもないと笑おうとしたそのとき、つうっと頬に涙が伝った。

「あ……」

泣くつもりなんてなかった。それも、私にダンスを申し込んでくれた紳士の前で。

「……夜風にでも当たりに行きましょうか」

青年は柔らかく微笑むと、私の手を引いて広間から抜け出した。月明かりに照らされたバルコニーに出れば、秋の始まりの冷たい夜風が肌を撫でる。熱くなった目頭を、優しく冷ましてくれるようだった。

「よろしければお使いください」

青年は、上着の胸ポケットから白いハンカチを取り出して私に手渡した。ありがたく、仮面を外して涙を拭う。

「ごめんなさい、急に泣き出したりして。どうもありがとう」

青年を見上げて微笑みかけてから、はっとした。仮面舞踏会だというのに、涙を拭いたあとに仮面をつけ直すのを忘れてしまった。

慌てて俯いて仮面をつけようとすると、頭上からくすりと笑うような声が降ってきた。

「無防備なお嬢さまだ。――僕も見習おうかな」

その言葉を言い終わるころには、青年の手に先ほどまで彼がつけていた仮面が握られていた。思わず、ぎょっとして彼を見上げる。

「外してよかったの……？」

「お嬢さまが外したのに、僕だけ外さないのは平等ではないでしょう？」

青年は、優しく整った顔立ちをしていた。今まで見てきたヤンデレたちに引けを取らないほどの美貌だ。何より、この国では珍しい銀色の瞳をしている。

「……外国からいらしたの？」

「そうだなあ……隣国の王子だと言ったら信じますか？」

くすりと悪戯っぽく笑う青年を見て、私もふっと頬を緩めた。王子という嘘までついて、身分を明かしたくないらしい。

「そうね、じゃあ私はお伽噺の姫君ということにするわ」

くすくすと笑いながら、バルコニーの手すりに身を預ける。結い上げた髪からこぼれた一筋の髪が、夜風にふわりと舞い上がった。

「それはずいぶんと不吉な嘘ですね。この国のお伽噺では、姫君は化け物に囚われてしまうのでしょう？　王子として助けに行きたいですが、あの物語に救いはない」

青年もまた、私に倣って手すりに腕を乗せた。そうして、軽く首を傾けて私の顔を覗き込む。

「どうでしょう……姫君も、案外幸せだったかもしれませんよ。そうでなければ、囚われたいばらの中で歌を歌わないでしょうから」

「面白いことをおっしゃいますね」

「傍からは幸せに見えなくとも、せめてふたりだけは幸せであってほしいものですから」

つまりメリーバッドエンドは尊い、という話だ。青年は、楽しげにくすくすと笑ってみせた。

「なるほど、それはわかる気がします。愛しあうふたりのことなんて、他人が見てもすべてはわからないものですからね」

「わかってくださいます？　あなたとは気が合いそうだわ」

恋のようなときめきを覚えたわけではないが、友人のように親しくできそうな相手だ。

思わず微笑みながら青年の顔を見上げれば、彼はどこか照れたように視線を逸らした。

「参ったな……。大して期待もしていなかったのに、思っているより早く婚約者探しが進んでしまいそうだ」

独り言のような青年の呟きの意味を理解するのに、瞬き数個ぶんの時間を要した。そうして、私も慌てて視線を逸らす。

「だ、大胆な方ですね……」

殿方にそんなことを言われたのは初めてで、緊張で頬が熱くなってしまう。きっと、ほんのり赤くなっているのだろう。そう思うと余計に恥ずかしくて、思わず手の甲を頬に触れさせて赤みを隠した。

その手を、青年が壊れものに触れるかのような優しい仕草で取る。震える指からは、青年の緊張が伝わってきた。

「今夜は仮面舞踏会ですから、身分を明かせなくとも構いません。ですが……あなたとの出会いをこれきりにしたくない。この先もういちどあなたにお会いする栄誉を、僕に与えてくださいませんか？」

突然の申し出に驚くが、彼の誠実さは伝わってきた。ときめきこそ覚えなくとも、これは、私にとっても都合のいい話なのだとわかる。

……でも、お義兄さまへの気持ちを残したまま申し出を受けるのは、この人を欺くようで気分がよくないわ。

彼の誠実さに応えて、私も正直に申し出るべきだろう。意を決して、彼の銀色の瞳を見上げた。

「気にかけてくださって、ありがたく思います。けれど私には……恋慕う方が、いるのです」

誰かに、お義兄さまへの想いを明かすのは初めてのことだ。嫌でも指先が震える。

「その方は、本来他の女性と結ばれるべき方で……私が身を引くのがきっとその方にとってのいちばんのハッピーエンドになるのだろうと思うけれど……最後に、想いを伝えたいと思っております。だからそれまでは、他の殿方の申し出を受けるわけにはいきません」

きっぱりと申し出を断れば、青年はひどく残念そうに眉尻を下げた。

「そうですか……では、もしもあなたのその恋が実らず、僕たちがもういちど会うことができたら、そのときはきっと僕のことも真剣に考えてくださいね」

そう言って、青年は身を屈めたかと思うと、私の手にくちづけた。どこまでも紳士な人だ。

「わかってくださってありがとう」

感謝の気持ちを伝えれば、青年はくすぐったそうに微笑んだ。その笑みにつられるようにして、私も頬を緩める。

……私も、この青年のように勇気を出さなくちゃね。

そう、心の中で決意を固めたそのとき、バルコニーに別の人影が現れるのがわかった。

「っ……！」

その人影を見て、絶句する。

その人は、闇に溶け込むような黒い外套と黒い仮面をつけていた。月影を溶かしたような美しい銀の髪が、夜風に揺れている。黒い仮面の奥には、翳りの差した紺碧の瞳が隠れていた。

銀髪と、美しい紺碧の瞳。その特徴だけで、仮面をつけていてもすぐにわかった。

……お義兄さま？　どうしてここに。

もう、王都へ戻っていたのだろうか。屋敷の者から私の居場所を聞いて、迎えに来てくださったのだろうか。

突然のお義兄さまの登場に戸惑っている間に、気づけばお義兄さまは私との距離を詰め、青年と繋いでいた手を無理やり解かせた。

そのまま私の腰に腕を回し、ぐい、と多少乱雑な仕草で私の体を引き寄せる。彼が纏う夜会用の黒い外套の中に、すっぽりと隠れてしまいそうだった。

お義兄さまは青年を一瞥することもなく、そのまま歩き出そうとしていた。いつになく、ぴりぴりと張り詰めたような空気感だ。

「突然現れてなんですか。不躾な人ですね」

青年が、お義兄さまの肩を掴んで引きとめる。

お義兄さまの紺碧の瞳が、苛立ったように青年を睨んだ。お義兄さまが暴力的な人だとは思わないが、一歩間違えれば手が出そうな殺気を感じて、慌てて場を取り成す。

「親切な方、大丈夫です。この方は、私のお義兄さまですから」

青年に声をかけた途端に、腰に回されたお義兄さまの手に痛いほど力が込められる。

「……妹を見るまなざしには見えませんがね」

青年は怪訝そうに眉を顰めたが、お義兄さまはついに言葉を返すことはなかった。それ以上青年に声をかけることが許されそうな雰囲気ではなく、罪人のように黙って連行される。

お義兄さまはそのまま広間へ戻ることはせずに、ひとけのない廊下を突き進んだ。ひやりとした月明かりが差し込む白い廊下は、王城を彷彿とさせる。

……お義兄さまとの距離が縮まったのも、あの夜からだっけ。

ルシアさまと王太子殿下をハッピーエンドに導くために、一芝居打った夜を思い出す。あの夜はルシアさまとの約束を果たすために、流されるようにしてお義兄さまに告白したが、今はあのときとはずいぶん違う気持ちだ。

……面と向かって、ちゃんと想いを伝えられるかしら。

考えるだけで、心臓がどくどくと早鐘を打つようだ。恥じらいを込めて睫毛を伏せると、ふと、長い廊下の真ん中でお義兄さまが足を止めた。

月影の中で佇む仮面のお義兄さまは、いつもとやはり雰囲気が違う。なんだか知らない人を相手にしているようで、緊張してしまった。

「……こんな舞踏会に参加してどうするつもりだった？」

責めるような、ひどく冷たい声だった。びくりと肩を震わせながら、視線を床に落とす。

「……いちど来てみたかったのです。婚約者となるような男性も探せたら、都合もいいですし」

お義兄さまはしばらく私を見つめていたかと思うと、ふっと薄く笑った。

「婚約者となるような男を、か……」

彼はぽつりと呟いたかと思うと、くつくつと乾いた笑い声を上げた。尋常ではない様子に、自然と体がこわばる。

「おかしいな……ずっと、君がこの家から出ていける手立てが見つかればいいと願っていたのに……近ごろはすこしもそう思えないんだ。むしろ、どうすれば君を逃がさずにいられるかということばかり考えている」

お義兄さまは仮面を外し、私の両肩を掴んだ。互いの香りがわかるほどに、顔が近づく。

「でも君は、それを嘲笑うかのように逃げ出す。魔術研究院のときも、攫われたときも、今夜だって……。そのたびに俺がどれだけ心をかき乱されているか、君は知らないんだろう。知るつもりも、ないんだろうな」

お義兄さまは自嘲気味に笑みを深めると、黒手袋をつけた指先で私の頬を撫でた。掠めるような動きに、自然と肩が跳ねる。

「迎えに行くのも、取り返しに行くのも、もううんざりだ。君に自由を与えていると、すこしも心が休まらない。だから——こうすることにしたよ、エル」

お義兄さまはいつになく甘く微笑んだかと思うと、上着から小指ほどの大きさの小瓶を取り出した。中には薄紫の液体が満ちており、彼は片手で器用に小瓶の蓋を開けたかと思うと、いっきに中

身を呷った。

それと同時に、頬に添えられていた彼の手が私の唇を割り開く。そのまま、逃げる間もなくくちづけた。

「っ……！」

とろりと、甘く喉を焼くような液体が流れ込んでくる。吐き出したかったが、ぴたりと唇を覆われているせいで飲み下すしかなかった。

身の危険を感じて、お義兄さまから離れようと彼の胸に手を押し当てたが、反発すればするほどくちづけは深まっていくばかりだ。

口移しで飲まされた液体の名残を追うように、執拗に口腔内を貪られる。舌が触れあうたびに体の力が抜けていくようで、抵抗は長く続かなかった。

ようやく彼が唇を離したころには、すっかり腰が抜け、ひとりで立っていられなくなっていた。くちづけのせいだけではなく、きっと先ほど飲まされた液体のせいもあるのだろう。

「ど……して、おにい、さま……」

言葉すらも、うまく発することができない。まるで夢の中のように、目の前が淡くぼんやりとにじんでいく。

「恨むなら、俺のような人間の心を乱してしまった自分の浅はかさを恨むんだな」

揺らぐ視界の中に映るお義兄さまは、恍惚を覚えたように熱っぽく微笑んでいた。

……ああ、私……きっと間違えたのね。

もっと早くにお義兄さまに想いを伝える決心が定まっていれば、こんなことにはならなかったのだろうか。ハッピーエンドに囚われるあまり、私はきっと、知らずのうちにお義兄さまを傷つけていたのだ。私はいつもいつも自分のことばかりでいっぱいで、嫌になる。

……ごめんなさい、お義兄さま。ごめんなさい。

謝罪よりも、彼に伝えるべき言葉があることはわかっていたが、強烈な睡魔に襲われてそれ以上意識を保てない。

最後に見たお義兄さまは、冷たい月影のなかで満ち足りたように微笑んでいた。

◆

両親はとても信心深く、心優しい人たちだったが、ある雨の日の事故でふたりともあっけなく死んだ。両親の命を奪った雨はそれからも止むことはなく、彼らの葬儀の日まで降り続けた。

参列者は、両親の死を悲しむふりをして、その実は遺産の話や残された屋敷の権利にばかり気を取られているようだった。俺を引き取ってくれるという伯父(おじ)のロイル公爵ですら、思いがけずに俺という後継者を得られたことを喜ぶばかりで、俺の両親の死を心から悲しんでいるそぶりを見せなかった。

結局、世の中なんてこんなものなのだろう。ひどく反発する気持ちも、絶望するほどの激しい感情も覚えなかったが、ただ、灰色の虚しさが心を厚く塗り固めていくのがわかった。

この葬儀が終われば、俺はロイル公爵家に引き取られて、後継者としての教育を受けることになるらしい。路頭に迷うよりずっと恵まれた境遇だと思うが、心から喜ぶ気持ちが湧くはずもなく、すべての出来事をどこか遠くに感じていた。

雨音の響く葬儀に異変が起こったのは、それからすぐのことだ。

「旦那さま……エレノアさまが……エレノアお嬢さまのお姿が見えません！」

執事らしき中年の男が、血相を変えてロイル公爵に報告をする。エレノアというのはまだ八歳になったばかりの幼い少女で、俺の義妹になる子らしい。

公爵家の箱入り娘だ。ロイル公爵はどれだけ心配だろうかと思いきや、彼は顔色ひとつ変えずに言い放った。

「そうか……。騎士たちを適当に捜索に回せ。日暮れまでに見つからなければ――それでも構わん」

耳を疑う発言だった。公爵の周りの参列者たちも驚いたようで、何か言いたげな顔をしていたが、この場にいる誰よりも高貴な公爵に声をかけられる者はいなかった。

……俺の義妹になる子は、どうやら愛されていないらしいな。

俺という新たな「後継者」ができたから、令嬢は用済みだと言わんばかりの発言だ。

……この公爵を父と慕う日はこなそうだ。

それは予感ではなく確信だった。公爵は最愛の妻を失ってからおかしくなっている、なんて噂があるが、同情で許せる話ではない。自分の身に降りかかった不幸を振りかざして、他の誰かに更なる不幸を押しつける人間なんて、碌なものではないのだから。

公爵の命を受けて、数人の騎士たちがぱらぱらと散っていく。両親が眠る墓地の周りは、深い森になっているから、少女が迷い込んだのだとすればもっと大勢で捜さなければ少女の命は危ないかもしれない。

ふと、泥と雨に塗れた両親の遺体を思い出した。生前の温もりや美しさのかけらもない、冷たく惨めなあの姿を。まだ幼い公爵家の箱入り娘がそんな姿になるのは、あんまりだと思う。

気づけば俺は、親族たちの目を盗んで森の中に入っていた。まだ十二歳の俺が森に入って、何ができるとも思わないが、このまま何もせずに義妹となるはずだった子の遺体を見る結末はあまりに後味が悪い。人の死の重さと翳りは、もう充分に理解している。

連日降り続く雨のせいで、森の中はどこもぬかるんでいた。泥に足を取られるせいで、普通に歩くよりもずっと体力を消耗してしまう。まだ八歳だという公爵令嬢は、疲れきってどこかで動けなくなっているのかもしれない。

……こんな雨の中、森にいったいなんの用事で入ったんだ。

薄暗い森の中は雨音ばかりが響いていて、まるで世界にたったひとりきりになってしまったかのように不気味だ。幼い少女が好き好んで入りたがる場所には思えない。

前髪から滴る雨粒が煩わしくて、大きな木の陰に入り無造作に髪をかき上げる。いくらか雨を凌げる場所で体を休めてから初めて、ずいぶんと自分の体が凍えていることに気がついた。

……俺でこれなら、令嬢は今ごろどれだけ寒い思いをしているだろう。

しばらく休憩しようと思っていた気持ちは、いつの間にかかき消えていた。公爵が設定した刻限は日没までだ。それまでに、せめて手がかりだけでも見つけなければ。

そのときだった。雨音にまじって、かすかに愛らしい歌声が聞こえてきたのは。

それは、まだ幼い、少女の声だった。とても拙(つたな)い歌声なのに、どうにも神秘的な雰囲気を帯びている。森に住まう妖精の囁(ささや)きだと言われたら、信じてしまいそうなほどに。

その歌声に導かれるようにして、気づけば俺は歩き出していた。雨の冷たさも、不思議と気にならない。

やがて、木々の生い茂る小道を抜けた先、わずかに開けた芝生の上に、彼女はいた。

彼女は芝生の上に座り込み、小さな両手に淡く光る純白の花を携え、睫毛(まつげ)を伏せて歌を歌っていた。まるで、お伽噺(とぎばなし)の姫君のように可憐な姿だ。

「君が……エレノアか」

妖精か天使を見つけたような不思議な畏怖を覚えながら、そっと問いかける。少女はゆっくりと長い睫毛(まつげ)を上げて、薄紫の瞳に俺の姿を映した。

「ええ……そう、私はエレノアよ」

エレノアは花が綻ぶように笑った。けれどその笑みは、どこか子どもらしくない。その理由を掴みきれないまま、彼女との距離を詰める。

「すぐに帰ろう。みんな、君を捜している」

手を差し出せば、彼女はゆっくりとした仕草で俺を見上げた。

「みんな？　お父さまも？」

公爵の無慈悲な言葉が蘇ったが、わざわざそれを幼い少女に伝える必要はないだろう。

「そうだ。……とても、心配していた」

「――嘘つき」

少女は俺を見上げたまま、くすりと笑う。美しい薄紫の瞳に、自嘲とも諦念とも受け取れる感情が浮かんでいた。

……この子は、自分が公爵に愛されていないことをわかっているんだな。

子どもらしくない暗い笑みは、それが理由なのだろう。公爵家の箱入り娘というから、てっきり蝶よ花よと育てられてきたものと思っていたのに、考えていたよりずっと寂しい子のようだった。

「そんなふうに雨に濡れてまで、迎えになんて来なくてよかったのに」

少女は諦めたように、薄く笑った。

目を離せば、雨音にかき消されてしまいそうなほど、彼女は透明だった。

「なぜ……そんなことを言うんだ」

「お母さまがいなくなってから、帰る場所なんてどこにもないの。おうちでは、雨を凌いで眠るだけだもの。それなら、いっそのこと、ここで――」

それ以上は言わずに、少女は淡く微笑んだ。

雨空を見据える薄紫の瞳は、地上にはない楽園を夢見ているようで、心がざわつく。

「それなら――」

考えるより先に、少女の目の前に回り込んで、膝をついた。

「――それなら……俺が、帰る場所を作るから。ここを出よう、エレノア」

名前を呼ばれたことで、少女の意識がこちらに向いた。くりくりとした薄紫の瞳で、見定めるようにじいっとこちらを見つめてくる。

わけもなく、心臓がどきどきと暴れていた。

「ふうん……じゃあ、私も――」

エレノアは俺の肩を掴んだかと思うと、耳のそばに顔を寄せ、笑うように囁(ささや)いた。

吐息のくすぐったさと、思いがけない言葉に、ふっと頬が緩む。

「――そうか、じゃあ、約束だ」

「ええ、約束よ」

くしゃり、とすました表情を崩して笑う顔は、思わずこちらがにやけてしまうほどにかわいかった。

両腕を差し出せば、エレノアは素直に俺の首に腕を回してきた。約束をしたことで、どうやら帰る気になったらしい。そのまま彼女の小さな体を抱き上げるも、雨水を吸ったドレスが重みを増しているようで、わずかにふらついてしまった。少女の体ひとつ満足に支えられない、成長途中の体を恨めしく思う。

「エレノア、そもそもこんなところまで何をしに来たんだ。ドレスも泥だらけじゃないか」

腕の中に閉じ込めたエレノアに溜息まじりに告げると、彼女はふい、と顔を背けながら両手に抱えた純白の花を抱きしめた。淡く光るそれは、この国でいちばん有名なお伽噺の題名にもなっている「エルの恋花」だ。

「……叔父さまと叔母さまにお供えする『エルの恋花』が欲しかったの。おふたりはとても仲がよろしかったから、天国でも一緒にいられるように、って……」

エレノアは悲しげに睫毛を伏せたかと思うと、胸に抱えた「エルの恋花」にくちづけた。

「私、あの方たちのこと好きだったのに……あんまりいい人たちだったから、天使さまが神さまのところへ導いていってしまわれたのね」

祈りの言葉なんてすこしも気に入っていなかったが、幼いエレノアのこの言葉は、不思議なくらいするりと胸の奥まで入り込んできた。悲しく惨めだった両親の死を、彼女が清めてくれたような心地になる。

……父上と母上の死を、悼んでくれているんだな。

そんな人は、この大きな葬儀の参列者の中で、彼女ひとりだけだった。

あの優しい人たちがこの世を去ったことを悲しんでくれる人が、俺以外にもいるなんて。それが、俺の義妹になる子だなんて。

「……ありがとう」

雨粒にまじって、頬に温かい何かが伝った気がした。

「どうしてあなたが感謝するの？」

俺と彼女はこれが初対面だから、俺を従兄だと認識できないのも無理のないことだろう。彼女にとっては訳のわからない感謝の言葉だとしても、言わずにはいられなかった。

「今にわかる」

幼い従妹の――これから義妹になる少女の体をぎゅう、と抱きしめながら、ぬかるんだ道を歩く。

気乗りしなかった「義兄」という役割だが、この少女を幸せにする手助けをするのは悪くないかもしれない。

思いがけない宝物を見つけたような気持ちで、俺は雨の中、エレノアとともに歩き続けた。

◇

懐かしい夢からふっと目を覚ます。寝台の上に差し込んだ月影に何度か瞬きを繰り返せば、目の前で眠る愛らしいエレノアの寝顔が徐々に鮮明になった。彼女を寝かせているうちに、気づけばともに眠ってしまっていたらしい。

白いシーツの上に広がった彼女の長い髪を指に巻きつけて、懐かしい思い出に浸った。

エレノアとの初対面は両親の葬儀の日の森の中だが、公爵邸で再会したとき、彼女はそれを覚えていなかった。あの日交わした言葉も、約束も何も。聞けば、エレノアはあのあと高熱を出したらしく、森に迷い込んでからの記憶が曖昧（あいまい）になってしまったらしい。

――ねえ、ちょっとそこのあなた、私宛の手紙は届いてない？

つい最近まで続いていた、エレノアの朝の習慣をふと思い起こす。

出会ったときからエレノアは、毎朝毎朝決まって同じ時間に、郵便物を管理する使用人のもとへ足を運んでは自分宛の手紙がないか尋ねていた。初めはいったい誰からの手紙を待ち望んでいるのか不思議に思っていたのだが、使用人から「エレノアお嬢さまは旦那さまからのお便りをお待ちになっているようです」と耳打ちされてから、毎朝エレノアの姿を見るたびに胸がずきりと抉られるような気持ちを覚えるようになった。

……嫌われているとわかっているくせに、あんな親からの手紙を待ち望んでいたなんて。

痛々しくて、憐れで、かわいらしい。彼女がどこか暗さを帯びた笑みを見せるたび、苛立ちにも似た感情が心を支配した。

俺は、このかわいそうな義妹を、公爵邸から一日も早く解き放ってやらねばならない。

この公爵邸ではない、どこか別の温かな場所に、彼女の「帰る場所」を作ってやらなければ。

……俺が彼女にしてやれることは、それだけだと思っていたのにな。

年ごろになって婚約者を見つけたら、なんの躊躇もなくすぐに出ていく決心が定まるよう、この家に余計な未練ができないようすることが俺の役目のような気がしていた。だからこそ必要以上の言葉は交わさずに、遠巻きに彼女を保護するよう努めていたのに。

いつからか、その距離を保てなくなっていた。エレノアが妙に前向きになってから、ずっと調子を狂わされている。

……始まりは、王城でのあの突拍子もない告白からだろうか。

十年間、ただエレノアの幸福を願って守り続けてきた距離が揺らぐのを感じて、暴言にも近い言葉で突き放したのに、彼女はすこしも引き下がらなかった。それどころか、毎回見送っていた視察にもついてきて、ついに彼女を嫌っているふりをしていたことが知られてしまった。

ミラー伯爵領でエレノアが誘拐されたという知らせを聞いたときには、気が気ではなかった。みすみす彼女を攫わせた護衛騎士も使用人も全員殺してしまいたいと思ったが、ぎりぎりのところでなんとか堪えた。

誘拐され、ぼろぼろになって震えている彼女を見たときには、怒りと憎悪で目の前が真っ赤に染まった。その黒い感情は、彼女を攫った男たちだけでなく、勝手に俺の目の届かない場所へ消えた彼女自身へもすくなからず向けられていることに気づいて、自分で自分に戸惑ったものだ。

……その激情を抑えきれずに、あんなふうにくちづけてしまうなんて。

正直に言えば、自分でも驚いた。その時点まで、エレノアに向ける想いに恋情がまじっているなんて、考えてもみなかったのだから。

義兄からの恋情なんて、エレノアからしてみれば恐ろしい凶器のようなものだろう。自覚したところで、それを自分勝手に振りかざすつもりなんて、すこしもなかったのに。

「でも……君が逃げようとするなら、話は別だよな、エル。すこし目を離した隙に、隣国の王子をたぶらかすなんて。……そんな遠い場所に、行かせるわけないだろう？」

薄く開いた彼女の唇に触れて、笑いかける。

仮面舞踏会の夜、エレノアが話し込んでいた青年は、確かに隣国の第二王子だった。どうやらエレノアはひと目で気に入られていたようだから、あのままにしておけば危うく公爵家に求婚状が届くところだった。

流石（さすが）に王族からの求婚状が届けば、無下にも扱えない。そんな事情も手伝って、つい強引な手段をとってしまった。眠り薬を飲ませ、彼女を屋敷の地下室に連れてきたのだ。それからいちども、彼女を外には出していない。

「これでも悪いとは思っているんだけどな。……でもそれ以上に、ここに来てからずっと夢のように満ち足りているんだ、エル。こんな気持ちは初めてだよ」

エレノアの前髪をかき上げて、笑うように額にくちづける。吐息がくすぐったかったのか、エレノアは嫌がるようにわずかに顔を背けた。だがその自由も一瞬のことで、彼女の頬に手を当てて再びこちらを向かせ、今度は唇にくちづける。彼女が抵抗すればするほどに、余計に意地悪をしたくなってしまっていけない。

寝台の横に設置されたテーブルには、公爵から直々に頂戴したエレノアとの婚約許可証が置かれている。彼女が「いい子」で待っていてくれたら、穏便に事を進める手段として用意したものだったのだが、あれももう日の目を見ることはないかもしれない。

毎日飲ませている薬の影響で、彼女は目が覚めてからもどこかぼんやりとしていて、とてもかわいらしい。どうも直近の記憶が曖昧（あいまい）になっているようで、ここでは何事もなかったかのように仲睦まじく過ごすことができる。彼女は俺をただの「義兄」として認識しているようだから、くちづけるたびひどく驚いたような顔をするが、その表情も愛らしくていつまでも見ていられるのだ。

それでも時折ふっと、正気を取り戻したように暗い表情をすることがあるから、そのときはまた口移しで薬を飲ませて、彼女を無理やり夢の中へ沈み込めるようにしている。その繰り返しの毎日だ。

起きていても、眠っていても、どんな感情をあらわにしていても、エレノアはかわいい。何よりこんなにすばらしいエレノアの姿を見るのが自分だけだという事実に、とても心が安らぐのだ。

この部屋にいる限り、この平穏が乱されることはない。ふたりきりで完結した、理想の空間だ。

ぽう、と淡く浮かび上がるように光る花に、ふと目を奪われる。部屋の中には常に、純白に光る「エルの恋花」が飾られていた。エレノアが殊更に気に入っているようだから、萎れたらすぐに下げて新しいものを飾るようにしている。萎れた「エルの恋花」はエレノアに飲ませている薬の材料として使っていた。

「ん……」

先ほどくちづけたせいで起こしてしまったのか、エレノアが身じろぎをして重そうな瞼を開いた。長い睫毛を何度か瞬かせた後に、わずかに頬を緩める。

「おにい、さま……？」

掠れた声で彼女は俺を呼んだ。何度も名前で呼ぶように伝えているのだが、眠ると忘れてしまうらしい。

「起きたのか、エル。おいで、喉が渇いているだろう」

水差しから、グラスに透明な水を注ぐ。エレノアに飲ませている薬の副作用で、よく喉が渇くらしかった。

ゆっくりと寝台の上で体を起こしたエレノアに、グラスを差し出す。彼女はおずおずとそれを受け取るも、なかなか口をつけようとしない。

「エル？　どうしたんだ？」

寝台の縁に腰掛け、エレノアに手を伸ばす。彼女はびくりと肩を震わせて、こちらを見た。

「お義兄さま……私、いつからこの部屋にいるのでしたっけ」

エレノアは、虚ろな瞳で縋るように、高い位置にある窓を見上げた。月影に照らされているせいか、エレノアの姿は普段より儚げで、目を離せば光に溶け込むように消えてしまいそうだった。

消えてしまいそう、だなんて、そんなふうにわずかでも思うだけで心が休まらない。エレノアが窓の外に何を思い描いているか知らないが、天使だろうが死神だろうが、彼女をここから連れ去ることは許さない。

「……エル、きっと疲れているんだ。もうすこし眠ったほうがいい」

婚約許可証の上に並べた小瓶のひとつを手に取って、エレノアが持つグラスの中に中身を注ぐ。薬だけで飲ませるのもいいが、エレノアは喉が焼けるような感覚が好きではないようだから、こうして水で薄めることにしていた。

「お義兄さま……私、これ飲みたくないです」

このところ記憶が曖昧なはずだが、薬の味は覚えてしまったようだ。次はエレノアの好きな味に調合しよう。

「それなら仕方ない」

エレノアとの距離を詰めれば、寝台がぎし、と軋んだ。驚いたように目を見開く彼女に笑いかけながら、小さな手からグラスをそっと奪い取る。

グラスの中身をひと口ぶん呷って、エレノアの薔薇色の唇に唇を合わせた。甘い酒のような味わいの薬を、そのまま口移しで流し込む。逃れるように背後へ身を引くエレノアの首の後ろに手を回して、逃すまいと力を込めた。エレノアの小さな喉が上下に動いたのを確認して、わずかに唇を離す。

「あ……お義兄さま、どうして……」

涙目で肩を震わせる姿があまりにかわいくて、なだめるように何度か頬にもくちづける。

そのままゆっくりと彼女の頭を枕に導いて、グラスに残った薬も口移しで飲ませた。押しのけようとするかのように小さな手が肩に当てられるが、かわいい抵抗だ。くすりと笑いながら両手を絡め取って、寝台の上に押しつける。

薬を飲ませ終えたあとも、しばらくエレノアの唇を貪っていると、寝台に縫いとめていた手がふっと脱力するのがわかった。潤んだ薄紫の瞳が、揺らぎながらも必死に焦点を合わせようと、こちらを見上げている。

「無理するな。眠くなってきただろう。もうすこしおやすみ」

エレノアの長い髪を整えるように指で梳けば、彼女は睡魔に抗いきれなくなったのか、枕に頬をつけ睫毛を伏せた。

「おに……さ、ま、こんなこと、しなくても、わたし……」

何かを言いかけたまま、彼女は再び眠りに落ちてしまった。目尻に溜まった涙が、丸い頬を滑り落ちていく。

絡めた指をそっと離して、その涙を拭うように指先で頬を撫でれば、不思議な充足感がわき上がった。声が聞けないのは寂しいが、エレノアが眠っている間は、彼女の何もかもが俺だけのものになったような気がして、心が満たされるのだ。

「エレノア……ずっと、このままでいよう。これ以上絶対に、傷つけないから」

こつ、と彼女の白い額に自らの額を重ねあわせ、手探りでもういちど彼女の手を握りしめる。すうすうと規則正しく吐き出される吐息の甘さに酔いしれながら、今度は唇を重ねあわせるだけのくちづけをした。

どれだけ歪んでいようとも、爛(ただ)れていようとも、これが、俺なりの愛のかたちだった。

◇

どこかぼんやりとした心地のまま、寝台の上でお伽噺(とぎばなし)の本を開く。部屋の中には、この物語と同じ名の「エルの恋花」が所狭しと飾られていた。

このところずっと眠たくて、本を読むくらいしかできることがない。見覚えのない部屋にどうしているのかもよくわからないまま――わからなくてもいいような心地のまま、ぼんやりと頁(ページ)をめくっていた。

「エル、またその本を読んでいるのか」

いつになく甘く上機嫌な声が降ってきて、力強い腕がするりと腰にまとわりつく。優しいすてきな香りに包まれて、自然と頬が緩んだ。

「お義兄さま」

寝台の縁に腰掛けた彼は、ごくわずかに微笑みながら私の手の中の本を見つめていた。このところ、彼がいつもそばにいてくれるから嬉しい。それに、今までにないくらい嬉しそうに笑っているから、私まで心が弾むのだ。

「こうしていると、君は本当にお伽噺の姫君のようだな。……こんな場所に、囚われて」

彼の冷たい指先が、私の頬にかかった髪を耳にかけてくれた。そのまま、指先で何度も髪を撫でられる。

囚われている、という言葉の意味はよくわからなかったが、そっと彼の肩に頭を預けながら本に視線を落とした。

「私がお伽噺の姫君なら、お義兄さまは王子さまですか？」

「いいや。俺はきっと、いばらの森に住まう化け物だよ」

長い指が、お伽噺の文字をなぞっていた。その仕草すら優美で、つい見惚れてしまう。

「……そのほうがいいわ。ずっと一緒にいられるもの」

この国のお伽噺の姫君は、王子さまとは結ばれない。森に住まう怪物に囚われて、行方をくらませてしまうのだから。

「っ……君は、どれだけ俺を惑わせれば気が済むんだろうな」

お義兄さまは薄く笑って、ふいに私の後頭部に手を回したかと思うと、そのまま唇を重ねてきた。

突然のことに目を見開いているうちに、寝台に押し倒されてしまう。体が重なった重みで、自然とくちづけも深まった。息苦しいほどの激しさに目眩を覚える。

……嬉しい、けれど……私たち、こんなことをする間柄だったかしら？

あるいはこれは、都合のいい夢なのだろうか。お義兄さまのヒロインは私ではないという現実から逃れるために、眠る意識が見せる幻想なのだろうか。

「おにい、さま」

くちづけの合間に息も絶え絶えに彼を呼べば、彼もまたどこか余裕がなさそうに声を絞り出した。

「名前で呼んでくれ。そう呼ばれると……罪悪感でどうにかなりそうだ」

彼は泣き出しそうに笑った。瞳の奥に宿る翳りを探るように見つめていると、大きな手に視界を奪われ、再びくちづけられる。吐息を喰らい尽くすほどの、執拗なくちづけだった。

「……君の一言一言が、俺を化け物にするんだ」

そう呟いて、彼は私の体をかき抱いた。まるで縋りつくようなその仕草に、きゅう、と胸が切なくなる。まるで、手に入らない何かを切望するような熱を感じた。

……こうして一緒にいるのに、これはお義兄さまの望むかたちではないのかしら？

そういえば、私は、彼に何か言わなければならない言葉があったような気がしてならない。

夢のようなくちづけに溺れる前に、伝えなければならない想いが、あったはずなのに。

「エル……俺はまたしばらく、この屋敷を留守にする。領地へ行かなければならない用事ができた」

そう切り出したお義兄さまの声は、どうにも気が重そうだった。

「私も……ご一緒してもいいですか？」

「そうだな……次は、一緒に行こう。向こうに住まいを移すんだ。こんな地下室ではなくて、もっといい部屋を本邸に用意する」

「でも……私が向こうのお屋敷に住んだら、お父さまが嫌がるのでは？」

お義兄さまは私の体を抱きしめていた腕を緩めると、何かを誤魔化すように曖昧に笑った。

「……何も心配しなくていい。ここで、もうすこし体を休めていろ」

彼は微笑みながら私の頬にくちづけると、寝台から離れた。

唇にも、抱きしめられた体にも、まだ彼の熱が残っているせいか、離れると途端に寂しく思えてならない。

「……ねえ、お義兄さま。私は、いつからここにいるのでしたっけ。いつまで、ここにいればよいのでしょうか？」

もう、ずいぶんと長いこと体を休めている気がする。最後に外に出たのがいつなのか、よく思い出せないのだ。

お義兄さまは真っ黒な上着を羽織りながら、薄く笑った。

「――もうすこし、眠ったほうがよさそうだな？　エル」

甘い微笑みの中で、光を失う紺碧の瞳だけが不穏だった。何か、言ってはいけないことを口にしてしまったのだと悟る。

「お義兄さま……ごめんなさい、私――」

お義兄さまは寝台のそばに設置された小さなテーブルの上から、小瓶を手に取った。硝子(がらす)の瓶に満ちた薄紫色の液体を見るだけで、ぐらりと目眩(めまい)がするようだ。

「いつも通り口移しで飲ませてやりたいが、生憎俺はこれから出かけるからな……。ひとりで飲めるか？　エル」

お義兄さまは再び寝台の縁に腰掛けて、蓋を開けた小瓶を私に手渡した。

ふわり、と「エルの恋花」によく似た甘い香りが鼻腔をくすぐる。

「や……お義兄さま、私、これ飲みたくない」

「大丈夫だ、味の調整をしたからいくらか飲みやすくなっているはずだ。ほら、口を開けて」

お義兄さまの手が頬に伸びたかと思うと、親指で無理やり唇を割り開かれた。その隙間から、小瓶の中身を流し込まれる。せめてもの抵抗として飲み込まずにいたのだが、お義兄さまが小瓶を投げ捨て私の口を手で覆ったため、飲み込まざるを得なくなった。

口移しよりも、仕草がずっと乱暴で胸が痛くなる。両目に、じわりと涙がにじむのがわかった。

「いい子だ、エル」

彼は私の目尻に溜まった涙に吸いつくと、満ち足りたように甘く笑って、今度こそ寝台から離れていった。その後ろ姿を、ひどく寂しい気持ちで見送る。

……お義兄さま、こんなことしなくても私は、あなたのそばにいるのに。

そうだ、私はそれを彼に伝えたかったのだ。

私はあなたに恋をしてしまったのだと、そばに置いてほしいのだと——逃げるつもりなんて、なかったことを、伝えたかったのに。

「待っ、て……」

掠れるような声は、この部屋を幾重にも閉ざす鎖と鍵の音にかき消されてしまった。涙が、ひと粒頬を伝っていく。

今日も、私は言えなかった。

彼が私をここに閉じ込めておきたいなら、それでもいいから、せめてこの気持ちだけは知っていてほしかったのに。

「おにいさま……愛しているの」

閉ざされた扉に向かって投げかけた声は、ひとりきりの静寂の中に虚しく吸い込まれていった。

◇

「——さま、お嬢さま！」

懐かしさすら感じる可憐な声に呼びかけられ、はっと目を覚ます。

私が横たわる寝台のそばには、黒いお仕着せを纏った灰色の髪の少女の姿があった。

「レイン……？」

ずいぶんと久しぶりに、彼女の顔を見た気がする。寝台に手をついてゆっくりと起き上がれば、ずきり、と鋭い頭痛を覚えた。

「ん……」

「お嬢さま！　大丈夫ですか？」

血相を変えて、レインが私の顔を覗き込んできた。

久しぶりに、あらゆるものがはっきりと認識できる。長い微睡から、ようやく抜け出せたような気分だ。

「あれ……私、なんで自分の部屋にいないの？　ここはどこ？」

あたりをきょろきょろと見渡してみれば、私室とは違う調度品に囲まれていることに気がついた。

ずいぶん長くここで過ごしていたように感じるのに、しっかりと周りのものを確認したのはこれが初めてだ。

「お嬢さま……おかわいそうに」

レインはぽろぽろと涙をこぼしたかと思うと、床に崩れ落ちて、私の膝にしがみつくようにして泣き出した。

「お嬢さま、お嬢さまは……仮面舞踏会にお出かけになった後からずっと、この部屋に閉じ込められていたのです。ルークさまに、眠り薬を使われて……」

言われてみれば、仮面舞踏会でお義兄さまに迎えに来てもらってからの記憶が曖昧だ。毎日どうやって過ごしていたのかも、何を食べていたのかもよく思い出せない。

けれど、この部屋で与えられた数えきれないほどの甘いくちづけだけは、不思議なくらいにはっきりと思い出せる。吐息の熱も、息苦しさも、思い返すだけでぞわりと甘い寒気が駆け巡るほど、鮮やかに記憶に刻み込まれていた。

「っ……！」

たちまち、頬が熱くなる。よく見れば身に纏っている衣服もほとんど化粧着と言っていいような薄手のものだというのに、私はあんなにお義兄さまに体を密着させていたなんて。

……恥ずかしい、穴があったら入りたいわ！

何度も口移しで飲まされていた薬のせいでぼんやりしていたのかもしれないが、それにしたって平然とお義兄さまのくちづけを受け入れていた自分が考えられない。頭の中まで沸騰しそうな羞恥に、思わず上掛けを頭から被る。

「お嬢さま……おかわいそうに。私が、もっと早くに解毒剤を紛れ込ませることができていたら……！　本当に、申し訳ございません」

レインはしゃくり上げながら、悔やみきれないとでも言うように謝罪の言葉を口にした。こんなに感情をあらわにするレインは初めてで、戸惑いを隠せない。

「解毒剤……？　あなたが私を目覚めさせてくれたの？」

そっと灰色の髪に指を通せば、レインの小さな肩がびくりと震えるのがわかった。

寝台横のテーブルを見やれば、お義兄さまが私に使っていた薬の詰まった小瓶がいくつも並べられている。

あの中に、レインは解毒剤を紛れ込ませていたのだろうか。もしもお義兄さまに見破られたら、彼女はただでは済まなかっただろう。

「こんな危険なこと……ありがとう。私を助けようとしてくれたのね」

そのままレインの頭を何度か撫でると、彼女は激しく首を横に振った。

「いいえ！　私は……私は、ルークさまと同罪です！　お嬢さまをこのお部屋にお連れするお手伝いをしたのですから……」

耐えきれないとでも言いたげに、レインは堰を切ったように話し始めた。

「あの夜――ルークさまが意識を失ったお嬢さまを連れ帰った日、ルークさまに言われたのです。お嬢さまは隣国の王子さまに見初められたから、このままでは隣国に嫁いでいってしまう。そのときに、身分の不確かな私は決してお嬢さまについていくことはできないだろう、と……」

レインの告白に、目を丸くする。思い出すのは、仮面舞踏会で出会ったあの青年のことだ。

……あの人、本当に王子さまだったの？

とんでもない無礼を働いていた気がして表情が引き攣るが、過ぎたことだ。気を取り直してレインの言葉を待った。

「私……お嬢さまと離ればなれになるのがどうしても嫌で……ルークさまのお手伝いをすることにしたのです。ルークさまの邪魔をしなければ、お嬢さまのお世話を続けさせてくれるっておっしゃったから……」

レインが目を真っ赤に腫(は)らして、懺悔するかのように指を組んだ。

「でも、私が間違っていました……。己の欲のために、お嬢さまの尊厳を奪う手伝いをするなんて……。こんな地下室に閉じ込めて、お嬢さまの言葉がちょっとでも意に沿わなければすぐに薬を使って……ルークさまはあんまりです。これ以上見ていられません！」

レインはふいに立ち上がったかと思うと、私の手を力強く握った。彼女から触れられることは、滅多にないから驚いてしまう。

「お嬢さま、勝手ながら私がお嬢さまのご友人にお手紙を出して、ここから逃げ出すために協力してくださるようお願いしました。みなさん、快く応えてくださって……。いつでも、お嬢さまの行きたい場所へお送りすることができます」

「私の、友人？」

思い浮かぶ顔はいくつもある。レインは、こくりと頷いて四通の手紙を差し出した。

それらはすべて、別々の人物から送られてきた手紙のようだった。ひとつひとつの封蝋に刻まれた紋章を確認しながら、便箋(びんせん)を取り出す。

——あなたのために、いつでも動かせる馬車を一台手配してあります。中には当面の生活費も積んでありますので、是非使ってください。ルシア。

——ルーファスさまがつくった、げどくざい、おくります。めがさめても、しばらくは、のみつづけてください。カトレア。

——ルシアさまが馬車をご用意くださると伺いました。私は、僭越(せんえつ)ながら護衛を務めさせていただきます。お嬢さまの目的地まで、どこへなりともお供するつもりです。シャノン・オートレッド。

——ひとまず、私の持っている別荘まで逃げたらどうかしら？　その先のことは別荘で落ち合ってから話しましょ？　……あなたもなかなか厄介な男性に好かれたみたいね。リリアーナ。

「っ……！」

私がハッピーエンドに導いたヒロインたちが、ここまで親身になってくれただなんて。感動で、目頭がじんと熱くなる。

「みなさん、お嬢さまのためならばいくらでも手を貸してくださるそうです。お手紙にもある通り、まずはリリアーナさまの別荘へ向かうのがよいかと思われますが……」

レインの提案を受けながら、人差し指で両目を拭う。鼻の奥がつんと痛かった。

「あなたは——レインは、どうして私にここまでしてくれるの。私は……あなたにたくさん意地悪したのに」

……あなたのことを、定められたハッピーエンドに導くことすらできなかったのに。

罪悪感にも似た重苦しい気持ちを抱えたまま、レインを見据える。彼女は、きょとんとした顔で私を見つめた。

「確かに、お嬢さまはわがままをおっしゃることはありましたが……それでも、離れたいと思ったことはないです。お嬢さまが、私に名前を与えて——新しい人生をくださったのですもの」

レインはどこか気恥ずかしそうに微笑むと、ポケットの中から薄紫色のリボンを取り出した。ミラー伯爵領の祝祭で、私がつけてあげたものだ。それをずっと、こんなに大切にしまっていたなんて。

「最近になって、お嬢さまが私にも心を開いてくださったこと、とても……とても、嬉しかったんです。ずっと雨が降り続いていた空に、ようやくお日さまが見えたような気持ちで……。それをうまく表情には出せなかったけれど……ずっと、感謝していました」

レインは微笑んで、私の前に歩み寄ると、今度は優しく手を握ってくれた。

「だから、お嬢さま、幸せになってください。こんな暗い地下室は、お嬢さまには似合いません。どこまでも私がお供いたしますから……ここから、出ていきましょう」

何よりも、心強い言葉だった。レインとふたりなら、本当にどこまでも行けるような気がする。

だが、どうしてもはっきりさせておきたいことがあった。

わずかに逡巡(しゅんじゅん)したのち、視線を逸らして問いかけてみる。

「あなたは……それでいいの？　お義兄さまの意に沿わないことなのに」

「え？」

レインは意図を掴みきれないと言いたげに、困惑していた。瞬きいくつかぶんの間ためらって、よりはっきりと問いかけてみる。

「以前にも聞いたことがあるけれど……あなたは、お義兄さまのことは好きではないの？」

水を打ったような静寂が訪れる。答えがどちらともとれる沈黙に、ばくばくと心臓だけが大騒ぎしていた。

やがて恐る恐るレインに視線を戻せば、彼女はかわいそうなほどに青ざめていた。

「あの……以前から思っておりましたが、私がルークさまに想いを寄せているように見える行動があったのなら、すべて誤解です。私はむしろ……お嬢さまがいいです。だいたいあの人、お嬢さましか眼中にないじゃないですか……。それに私、束縛する男性はちょっと……」

ぶつぶつと独り言のようにお義兄さまへの悪口を言い始めた彼女を前に、なんだか笑えてきてしまった。ふっと、気が抜けたような声が出る。

……ふたりのために身を引こうなんて、考えていた私が馬鹿みたいだわ。

ここは「狂愛の恋花」によく似た世界ではあるけれど、物語ではないのだ。

生きた、人間のいる世界なのだから。

……最初から、私の気持ちに素直に従っていればよかったのだわ。

ずいぶん、遠回りをしてしまった。

ひとしきり笑った後、久しぶりに寝台から立ち上がって、思いきり伸びをする。

「ねえ、レイン。お義兄さまは、どちらへいらっしゃるかわかる?」

「ルークさまは、現在公爵領にいらっしゃいます。……そうです、もうひとつご報告することが――」

レインがふっと神妙な面持ちになって、静かに報告をする。

「――そう、わかったわ。それならば余計に今すぐ出かけなくちゃね」

「お嬢さま……!」

レインがぱあっと顔を輝かせる。ずいぶんと感情豊かになった彼女に笑いかけながら、鏡台へ向かった。

「急ぐわよ、レイン。支度を手伝って」

「はい！」

◇

秋の終わりの森に、冷たい雨が降りしきっている。このところ、連日雨が降り続けているようで、道は足を取られるほどにぬかるんでいた。

傘は、森の入り口にレインとともに置いてきた。おかげで漆黒のドレスはたっぷりと雨水を含んで重たいが、裾を持ち上げながら懸命に前へ前へ歩く。

……遠い昔も、こうして森の中に入ったことがあったわね。

どうして、忘れていたのだろう。あの日、私たちは、かけがえのない約束をしていたのに。

ルーファスさまお手製の解毒剤を飲んでからというもの、お義兄さまに幽閉されてからの日々だけでなく、幼い日々の曖昧な記憶まで鮮明になっていた。

おかげで、私はようやく思い出したのだ。お義兄さまと、初めて会ったあの雨の日の約束を。

……「狂愛の恋花」の中のエレノアとルークは、あんな約束はしていないわ。

あれは「私」とお義兄さまの約束なのだ。あのときからきっと私たちの物語は変わり始めていたのだろう。

ぬかるんだ小道をしばらく進むと、ふっと、木々がひらける場所に出た。ざあ、と吹き抜けた風が雨粒をさらっていく。

私が探し求めていた人は、白い大理石でできた墓標の前で花束を持っていた。大輪の「エルの恋花」だ。

彼は傘も差さずに墓標を見つめていたが、やがてこちらの気配に気づいたようで、ゆっくりと振り返った。

「っ……エル？」

私がここにいることが、予想外だったのだろう。ひどく驚いたように、目を見開いて固まってしまった。

その視線を受けながら、ぱしゃぱしゃと雨水の中を進む。そうして、お義兄さまの隣に並び立つようにして墓標を見上げた。

「ついに、眠ってしまわれたのね……」

目の前の白い大理石には、お父さまの名前が刻み込まれていた。

レインの話によれば、お父さまはつい十日ほど前に亡くなったらしい。お義兄さまは、お父さまの葬儀のために公爵領へ赴(おもむ)いたのだ。彼がこちらの屋敷で暮らそうと言い出したのも、お父さまが亡くなったからこそのことだった。

……この感情は、うまく表せないわ。

ほとんど、会話も交わしたことのない人だった。血縁上は父親だけれど、お父さまは世界の誰より私を嫌っていたのだから。お父さまを嫌っていたかと訊かれたら、きっとそうではないと答えるけれど、お父さまの死をすっと受け入れられるくらいには、情は薄かった。

先ほどお義兄さまが地面に落とした花束を拾い上げて供える。隣には、お母さまの名前が刻まれた墓標が並んでいた。

「ようやく、お母さまと再会できたのですね」

小さく微笑みながら、ふたつの墓標を見比べる。別れの言葉というにはあまりに簡素だが、これがお父さまに対してかける言葉のすべてである気がしていた。

ふと、肩に重みのある上着がかけられる。顔を上げれば、お義兄さまが翳った瞳で私を見下ろしていた。

「レインが裏切ったんだな」

断言するような鋭い言葉に、反射的に心臓が跳ね上がるのを感じた。わかっていたことだが、相当怒っているようだ。

「君が、こんな人間の死を悼む必要はないのになぜここまで来た？　……あそこから出るためには、レイン以外の協力も必要なはずだ。そうまでして……君はやっぱり俺から逃げたいのか」

被せられた上着の上から、両肩を強く掴まれる。力の差を嫌でも感じて、思わず怯みそうになるが、それでも決して彼から目を逸らさずにいた。

「言っておくが、あの王子に嫁がせるつもりはない。他の男もだめだ。どうしてもと言うのなら、鎖に繋いででも留め置く。……君にどれだけ嫌われてでも」

長い指先が、頬を伝う雨粒をなぞり、そのまま首筋を掠めた。それだけで、ぞわりと甘い寒気が背筋を抜ける。まるで、呼吸を奪われるようなあのくちづけを思い起こさせる触れ方だ。

「……抵抗すればするだけ、つらい目に遭うのは君なんだ。わかるだろう？」

嘲笑うように、縋るように、彼は私に触れていた。濡れた白銀の髪の間から覗く紺碧の瞳は、相変わらず翳っていて、ひどく寂しげだ。

……私の曖昧な態度が、この人を不安にさせていたのよね。

そう思うと、申し訳ないような、愛おしいような気持ちで胸が満たされる。雨に濡れた指先で、そっと彼の頬に触れた。

「あなたのもとから逃げたりなんかしないわ。でも、ただ待っているのも嫌」

彼の頬に添えた手に力を込め、そっと顔を引き寄せる。

「だから、迎えに来たの。ルークさま。……約束したものね、私が『あなたの帰る場所になる』って」

――それじゃあ、私もあなたの帰る場所になってあげるわ。悪くない提案でしょ？

森の中で初めて出会ったあの日、彼の耳もとで囁いた約束が蘇る。

彼はずっと、暗い公爵邸の外に私の「帰る場所」を作ろうとしてくれていたのに、私は今までそれを忘れていたなんて。

「エル……あの日のこと、思い出して……？」

「あなたは何度も私を救って、守ってくれていたのね。ずいぶん、わかりづらかったけれど。……そんな優しい人から、逃げるはずないでしょう？　いいえむしろ——私が逃がすものですか」

ふっと笑いながら、まっすぐに彼の瞳を射抜く。

ようやく、ずっと胸に秘めていた想いを口にできる。

「ずっと、言いたかったんです。——私、あなたのことが好き、大好き！」

自分で羽織ってきた外套のポケットから一枚の書類を取り出す。屋敷の地下室のテーブルに、ずっと放置されていたものだ。

「だから、これにサインしてくださる？　……私だけのものに、なってほしいの」

差し出したのは、お父さまの名のもとに発行された婚約許可証だ。ここに来るまでに、私の名前は署名してある。

彼は、これ以上ないくらいの動揺をあらわにして私を見ていた。耳の端が赤くなっているのは、雨のせいだけではないのだろう。あれだけ私に散々くちづけておいて、こんな告白で照れることもないと思うのだが、なんだか私まで気恥ずかしくなってくる。

……お義兄さまって、ひょっとして押されると弱い人なのかしら？

そう思うと、口もとがだらしなくにやけてしまう。あんなにヤンデレで、束縛気質で、冷徹な雰囲気を醸し出しているのに、私が好きと言っただけでこんな反応をするなんて。

……かわいい！　かわいすぎるわ！　私の好きな人かわいすぎる!!

思わずぎゅう、と彼の体を抱きしめると、彼がぎこちなく震えるのがわかった。そのまま、彼の胸にすりすりと頬を擦り寄せる。

「エ、ル……本当に……本当に言っているのか」

「本当の本当です！　ね！　早くサインして――」

調子に乗って急かした途端、なんの前触れもなく唇を唇で塞がれた。

今までとは違う、甘やかすような優しい感触に、ふっと力が抜けてしまう。思わず、彼の胸もとを掴んで体勢を保った。

私も好きだと伝えたいから、されるがままにはなりたくないのに、どうしても圧倒されてしまう。応えるのに必死で、求める余裕がない。仕草こそいつもより穏やかだが、濃密さは増しているようで、頭の奥まで溶けてしまいそうだった。

「は……今までで、いちばん甘いな」

お義兄さまはわずかに顔を離して、唇を歪めた。その凄絶な色気に当てられて、いよいよ彼を直視できなくなる。「かわいい」なんて言って調子に乗っていた数分前が嘘のようだ。

ほんのひと呼吸ぶんの休息ののち、彼は再び私の唇を奪った。

いつしか雨は、包み込むような優しい霧雨に変わっていた。霞の中でくちづけしあっていると、世界にふたりきりになったかのような錯覚を覚える。雲が流れているのか、ところどころに淡い陽光がにじんで、虹色の光を浮かび上がらせていた。

夢のように綺麗だ。空も、雨も、お義兄さまもすべて。

……ここから、私たちの本当の恋が始まるのね。

鎖も、鍵ももういらない。

私たちを縛りつけるものがあるとすれば、この世界で新たに結びついた、見えない運命の糸だけだった。

最終章　悪役令嬢は愛するあの人を幸せにしたい

季節は巡り、花々の咲き乱れる、新たな春がやってきた。

窓の外には、薄紅色の花びらがひらひらと舞っている。王都ではあまり見かけない花だが、この森にはたくさん咲いているらしい。

「お嬢さま、こちらを向いてください。そうです！」

レインの呼びかけに応じて顔を傾ければ、彼女は細い筆で唇に紅を塗ってくれた。いつもよりも念入りに塗り込まれているのが感触でわかる。今日のレインの気合いの入りようは段違いだ。

……それも、無理はないかもね。

くすり、と笑いながら姿見を横目で眺める。

そこには、細やかな銀の刺繍が施された純白のドレス姿の自分が映り込んでいた。

今日は、お義兄さまとの婚約式の日だ。とはいっても、神官を呼ぶ正式なものは後ほど王都でやるので、今日はあくまでも私的な儀式なのだが、私としてはこちらのほうがずっと特別に感じている。

何を隠そう、今日の式にはハッピーヤンデレカップルたち——大好きな私の友人たちが参列してくれているのだから。

「エレノアさま！　お花を摘んできました！」

開け放った窓から、大きな翼を広げた天使が飛び込んでくる。魔術研究院で別れたときよりもいくらか大人びた顔つきになった、カトレアだ。

「わあ……すてきな花束ね！」

薔薇(ばら)や名前もわからない花が集められた色鮮やかな花束をそっと胸に抱きしめ、そばに舞い降りたカトレアに笑いかける。

「ありがとう、カトレア。おかげでとっても華やかになったわ」

「お花より、エレノアさまのほうがずっと綺麗です！」

「あら、口説き文句みたいなこと言うのね。ルーファスさまに言われているのかしら？」

からかうようにカトレアの顔を覗き込めば、彼女はたちまち顔を赤らめて視線を逸らした。

「ち、違います！　違うったら違います！」

真っ赤になりながら反論されても説得力がない。レインまで、微笑ましいものを見たと言わんばかりにくすくすと笑っていた。

……カトレアとルーファスさまの恋も、すこしずつ育っているのかしら。

初々しい幼い恋を眩しく思っていると、控室の扉が規則正しく叩かれた。入室してきたのは、騎士服姿の美しい女性だ。

「お嬢さま、お支度は整いましたか」

「シャノンさま！」

紅を塗り終わったのを確認して立ち上がれば、シャノンは私の目の前まで歩み寄り、手の甲を取ってくちづけをした。

「お迎えにあがりました。ルーク殿のところまでエスコートいたします」

……な、なんてすてきなの。

婚約式を前にして、お義兄さま以外の人にときめいてしまうなんて私も不埒者だ。だが、それだけ騎士服姿のシャノンがすばらしいのだから仕方がない。

「お、お嬢さま……今からでも、ご婚約のお相手はルークさまじゃなくてオートレッド卿にしませんか……？」

レインは目を輝かせながら訴えてくる。私がお義兄さまに地下室に幽閉されたあの事件を機に、彼女の中でお義兄さまの株がずいぶんと下がったようだった。必要以上に緊張することがなくなったせいか、以前よりむしろ打ち解けているように見えるのだが、それを指摘するとレインは心底嫌そうにするので笑ってしまう。

「ふふ、レイン、だめよ。シャノンさまには、ハドリーさまがいらっしゃるのだから」

シャノンとハドリーの尽力によって、オートレッド子爵家とレアード伯爵家は、共同での貿易事業の再開に向けて舵を切ったらしい。以前のような関係に戻るまでにはまだまだ時間がかかるだろうが、このふたりならばきっと乗り越えられると信じている。

「あんなやつ、ただの仕事仲間ですよ」

シャノンは吐き捨てるように言って笑う。素直じゃないのは相変わらずのようだ。

「でも、あなただけの騎士なのでしょう？」

からかうようにシャノンを見つめれば、彼女はわずかに耳を赤くして立ち上がった。

「お嬢さま、こんな日にまで意地悪はなさらないでください。ほら、参りますよ」

「ええ、お願いするわ」

くすくすと笑いながら、シャノンの腕に手を添える。レインが、私のドレスのロングトレーンを持ちながら背後からついてくるのがわかった。

婚約式は、カトレアとルーファスが隠れ家としている屋敷の前で行われる。簡易的な祭壇の奥では、なんと王太子殿下が待っていて神官役を務めてくださるのだ。

お義兄さまはその祭壇の前で待っているわけなのだが、そこまでエスコートしてくれるのはシャノンの役割となっていた。お父さまが亡くなっている以上、私を導く親族の男性はいないので護衛騎士にお願いするかたちとなったのだ。まっとうに考えればハドリーに頼むべきところだが、お義兄さまのお許しが出ず、こうして女性騎士のシャノンと歩くことになった次第だ。

……お義兄さまも、本当に過保護よね。

階段を下り、屋敷の出入り口へ向かう。式場となっている前庭は、扉を開ければすぐだ。

「エレノアお嬢さま」

扉を開ける直前、ふとレインが呟く。ゆっくりと振り返れば、彼女はわずかに涙ぐんで微笑んでいた。

「幸せに……なってくださいませね。ご婚約、本当におめでとうございます」

レインからこんなにもまっすぐに祝福の言葉をもらったのは初めてだった。じん、と胸が熱くなる。

「ありがとう。あなたは、私たちの幸せをいちばんそばで見守るのよ。いい？」

「はい！　もちろんです！」

扉の先から、にぎやかな音楽が鳴り出す。海辺を思わせるこの楽器を奏でているのは、おそらくリリアーナとウィルだろう。

「さあ、参りますよ、お嬢さま」

シャノンの声に、まっすぐ前を向く。

「ええ、楽しみだわ！」

その声と同時に、扉がゆっくりと開かれる。前庭には、まるで雨のように花びらが降り注いでいた。それも、森に咲いている薄紅色の花だけではない。薔薇(ばら)や牡丹(ぼたん)を思わせるようなものまで、実にさまざまな花びらが舞っている。足もとには、色とりどりの花びらの絨毯(じゅうたん)ができていた。

……ルーファスさまの魔術ね！

「転ばないようにお気をつけください」

扉を開けてくれたルーファスさまが、にこやかに私とシャノンを花の絨毯(じゅうたん)の上に導いてくれた。

「ありがとう、ルーファスさま」

「さあさ、エレノアさま！　こちらへ！」

階上の窓から飛び出してきたらしいカトレアが、祭壇のほうまでゆっくりと羽ばたいていった。

彼女の軌道を追うように視線を送れば、扉の前で楽器を奏でるウィルとリリアーナと目が合った。

「エレノアお嬢さま、おめでとうございます！」

「逃げたくなったらいつでも来ていいのよー！」

ふたりの前まで進んで、ドレスを摘まむ。彼らは、私たちより一足先に婚約式を挙げた。今はフォーリー商会の仕事を手伝いながら、ゆくゆくは商会長の座を継ぐべく勉強している最中なのだそうだ。

「ふふ、ありがとう、ふたりとも。頼りにしているわ」

今年の夏にも、きっとミラー伯爵領を訪ねるだろう。今から楽しみでならなかった。

「エレノア、とっても綺麗」

花の絨毯（じゅうたん）を進めば、今度はルシアさまに声をかけられる。そのすぐそばには、彼女を護衛するようにハドリーが立っていた。

「ルシアさま、お越しくださってありがとうございます。また色々とお話を聞かせてくださいね」

ルシアさまとは、今でも頻繁に手紙のやりとりをしている。彼女の手紙から窺（うかが）える王太子殿下のヤンデレを拾い集めてはパンを食べるのが、私の密かな楽しみだ。

「お嬢さま、今後は誰にも攫（さら）われぬよう、決してルーク殿の手を離さないでください。本日はおめでとうございます」

ハドリーが、騎士らしく胸に手を当てて礼をする。私の隣に立つシャノンも、さりげなく彼を見ているのがわかった。

「ふふ、ありがとう。私も、あなたとシャノンさまのよい知らせを心待ちにしております」

「できるだけ早くご報告できるよう尽力いたします」

「おい……」

爽やかな笑みでよい返事をくれるハドリーと、彼を睨みつけるシャノン。このふたりは相変わらずのようだが、これがいいのだ。

……いいわね。ケンカップルからしか得られない栄養があるもの。

今後も、定期的に顔を見せてもらわなければならない。私の心の健康のために。

そうして、また一歩足を進める。いよいよ、祭壇が迫ってきた。一歩ずつ足を進めるたび、鼓動がいっそう早くなっていく。

……なんだか、うまく前を見られないわ。

友人たちにはにこやかに挨拶をできていたというのに、お義兄さまがそばにいると思うと緊張でどうにかなってしまいそうだった。

軽く視線を伏せたまま、祭壇の前に立つ。ここまでエスコートしてくれたシャノンが、一礼をして下がっていったのがわかって、急に心細くなった。

……お義兄さまが、隣にいる。

どくどくと、耳の奥で心臓の音が鳴り響いていた。足もとに散らばった花びらの種類でも考えて落ち着こうかと思うのに、鮮やかな色ばかり目に焼きついてうまく頭が働かない。

「エル」

「っ……」

聞きようによっては冷たくて、でもやっぱり私には甘やかな、優しい声が降ってくる。

恐る恐る顔を上げれば、そこには紺碧の瞳をわずかに細めてこちらを見つめるお義兄さまがいた。

「あ……」

……なんて、綺麗なの。

白銀の髪を片側だけ上げ、白を基調とした礼服に身を包んだお義兄さまは、この世のものとは思えぬほどの美しさだった。淡い色は滅多に纏わないお義兄さまだが、今日は私のドレスに合わせてくれたのだ。白と銀の刺繍が彼の翳りを打ち消しているせいで、眩しくてうまく顔を見られない。

普段からこの格好だったら、宮廷中の令嬢が問答無用で恋に落ちてしまうだろう。

「綺麗だ、エル」

彼は吐息まじりに耳打ちしたかと思うと、悪戯っぽく顔を覗き込んできた。たったそれだけで、たちまち顔が熱くなってしまう。

「お義兄さまだって……美しすぎて、直視できないですわ」

「……こういう雰囲気のほうが好きなら、これからはそうしよう」

私の褒め言葉を素直に受け取ってくださったのは嬉しいが、これには慌てて首を横に振った。

「だめです……！　そんなことしたら、貴婦人たちがお義兄さまの魅力に気づいてしまいますもの。婚約早々お義兄さまが言い寄られている姿なんて見たくありません」

嫉妬をあらわにした醜い言葉なのに、彼はどこか満ち足りたようにふっと笑った。そうして、くすぐるように私の頬を撫でる。

「っ……！」

どこか悪戯(いたずら)っぽいようなお義兄さまの微笑みに、何も言えなくなる。まだ春だというのにこんなに熱いのは、ぜんぶお義兄さまのせいだ。

「……お熱いのは結構なんだけど、そろそろ式を始めてもいいかな？」

祭壇の奥に立った王太子殿下が引き攣った笑みで告げる。この一部始終を間近で見られていたと思うと、途端に恥ずかしくなってしまった。

「あ……申し訳ありません、殿下」

「いや、いいもの見せてもらったよ。あの冷徹冷淡なルークが、こんなふうになるとはね……。令嬢たちに見せてやりたいな」

にやり、と笑いながら、殿下はお義兄さまに視線を送った。お義兄さまは気づかないふりをするかのように、さりげなく視線を逸らしている。なんとなく、あとで殿下にからかわれるお義兄さまの姿が想像できてしまった。

「……式を進めてください、殿下」

絞り出すようなお義兄さまの声に、殿下はくすくすと笑った。

「はいはい、仰せのままに。ロイル公爵殿」

それを皮切りに、殿下は祈りの言葉を唱え始めた。天使を讃える文句が続くが、彼の頭上で大きな翼を広げたカトレアが飛び回っているせいか、仰々しくは聞こえない。

「王国ハルスウェルを守護する天使の名のもとに、ルーク・ロイルとエレノア・ロイルの婚約を許可します。それでは、誓いのくちづけを」

王太子殿下に促されるがまま、お義兄さまと向きあう。もう数えきれないほどくちづけを交わしているが、婚約式となるとまた緊張感が違った。

「ルークさま」

囁くような声で、彼に話しかける。紺碧の瞳が、言葉の続きを促すように私を見ていた。

神秘的な光が揺らぐ、その瞳が好きだ。まるで深い星空を映し取ったかのような、その瞳が。

「これからも、ずっと……私の『帰る場所』になってくださいませね」

幼い日の約束を、もういちど口にする。

彼は、それを噛みしめるように柔らかく笑った。

「ああ。……俺にとっても、エルだけが『帰る場所』だ」

淡く笑いあいながら、吸い寄せられるように、気づけばふたりの唇は重なっていた。

瞬間、ぶわりと花びらが舞い上がる。ルーファスさまの魔術だ。

目が眩むほどの色彩の中で、私たちはくすくすと笑いあっては、なんどもくちづけを交わした。

「おめでとう、エレノアさま！」

頭上を飛び回るカトレアの声を皮切りに、友人たちから祝福の声が上がる。それに手を振って応えていると、ふと、花びらの嵐の中から一輪の「エルの恋花」が降ってきた。

「見事な『エルの恋花』だ」

お義兄さまの言葉に、こくりと頷きながら、まじまじと「エルの恋花」を見つめる。

バッドエンドの象徴だと思い忌避してきたが、私とお義兄さまに限っては違ったようだ。

……この花を探しに行ったおかげで、私はあの日、お義兄さまに会えたのだから。

そっと、「エルの恋花」の花びらにくちづける。触れた箇所から、花びらは溶けかけの雪のようにきらきらと淡く煌めき始めた。

……私とお義兄さまにとっては、ハッピーエンドの象徴の花ね。

「ありがとう」

物言わぬ花にそう囁いて、色とりどりの花束の中に加えた。

「エレノアー！　ルークさまー！　中に入ってお食事にしましょう！」

屋敷の入り口付近で、リリアーナが叫んでいる。

四組のヤンデレカップルは、いつの間にかそれぞれのパートナーと並んで、屋敷へ向かっているようだった。

「今行くわ！」

大きな声で返事をすれば、すっと目の前に手が差し出された。

今までで、いちばん満たされたような表情で、お義兄さまは笑う。

「行こう、エル」

甘い風が舞う。後ろへ靡く髪を押さえつけながら、彼の手を取った。

「ええ、ルークさま！」

新＊感＊覚　ファンタジー！

レジーナブックス Regina

邪魔する奴は
ぶっ飛ばせ!

異世界転生したら、なんか詰んでた
～精霊に愛されて幸せをつかみます！～

桃野(ももの)**もきち**

イラスト：ヤミーゴ

気がつくと異世界に転生していたミル。けれど転生先の家はかなりの悪環境で、このままじゃお先真っ暗。そんな中、味方になってくれるのは、幼い頃からなぜか見える精霊たち。そこでミルは精霊の力を借りて家を出て、ロゼと名前を変え、冒険者として生きていくことに。時に人に騙され、時に人のやさしさを実感しつつ、ロゼは自分の人生を切り開いていく。底辺スタートの異世界生活譚、開幕！

詳しくは公式サイトにてご確認ください。

https://www.regina-books.com/

携帯サイトはこちらから！ 

この作品に対する皆様のご意見・ご感想をお待ちしております。

おハガキ・お手紙は以下の宛先にお送りください。

【宛先】

〒150-6019 東京都渋谷区恵比寿4-20-3 恵比寿ｶﾞｰﾃﾞﾝﾌﾟﾚｲｽﾀﾜｰ 19F
（株）アルファポリス　書籍感想係

メールフォームでのご意見・ご感想は右のＱＲコードから、
あるいは以下のワードで検索をかけてください。

ご感想はこちらから

本書は、「アルファポリス」（https://www.alphapolis.co.jp/）に掲載されていたものを、
改稿、加筆のうえ、書籍化したものです。

ヤンデレ至上主義(しじょうしゅぎ)の悪役令嬢(あくやくれいじょう)は
ハッピーヤンデレカップルを慈(いつく)しみたい！

染井由乃（そめい よしの）

2024年 7月 5日初版発行

編集－星川ちひろ
編集長－倉持真理
発行者－梶本雄介
発行所－株式会社アルファポリス
〒150-6019 東京都渋谷区恵比寿4-20-3 恵比寿ｶﾞｰﾃﾞﾝﾌﾟﾚｲｽﾀﾜｰ19F
TEL 03-6277-1601（営業） 03-6277-1602（編集）
URL https://www.alphapolis.co.jp/
発売元－株式会社星雲社（共同出版社・流通責任出版社）
〒112-0005 東京都文京区水道1-3-30
TEL 03-3868-3275
装丁・本文イラストーシースー
装丁デザインーAFTERGLOW
（レーベルフォーマットデザインーansyyqdesign）
印刷－中央精版印刷株式会社

価格はカバーに表示されてあります。

落丁乱丁の場合はアルファポリスまでご連絡ください。

送料は小社負担でお取り替えします。


ISBN978-4-434-33939-4 C0093